到处逢人说故乡

许石林 著

深圳出版社

图书在版编目（CIP）数据

到处逢人说故乡 / 许石林著. -- 深圳 : 深圳出版
社, 2023.6
　　ISBN 978-7-5507-3764-8

　　Ⅰ. ①到… Ⅱ. ①许… Ⅲ. ①散文集—中国—当代
Ⅳ. ①I267

　　中国国家版本馆CIP数据核字(2023)第031851号

到 处 逢 人 说 故 乡

DAOCHU FENGREN SHUO GUXIANG

出 品 人　聂雄前
责任编辑　李轩然　刘　婷
责任校对　万妮霞
责任技编　梁立新
装帧设计　日尧设计

出版发行　深圳出版社
地　　址　深圳市彩田南路海天综合大厦（518033）
网　　址　www.htph.com.cn
订购电话　0755-83460239（邮购、团购）
设计制作　深圳市龙瀚文化传播有限公司 0755-33133493
印　　刷　深圳市希望印务有限公司
开　　本　889mm×1194mm　1/32
印　　张　8
字　　数　137千
版　　次　2023年6月第1版
印　　次　2023年6月第1次
定　　价　42.00元

我没有也不懂乡愁

——《到处逢人说故乡》自序

就某所仅见，感觉当代文学写故乡的文字，绝大多数放纵了感情而放弃了道理，或者说以情感取代或挤占了道理。

比如，我至今读不懂一句很流行又很煽情的话："父母在，人生尚有来处；父母去，人生只剩归途。"

这句话是什么意思？我问过许多人，他们也说不清，但就是挺喜欢这句话，莫名其妙。

再比如，我同样不理解一个让许多人动容动情流泪的故事——

这两年应邀在一些学校给师生讲解费孝通先生的《乡土中国》，作为中学生推荐阅读名著，费先生这部社会学著作，当今许多教师也读不懂，读不下去，何况学生！几乎每一场讲座的互动环节，都有师生询问对一篇散文讲的一个故事的看法：作者写道，父母去世后几年他再没有回老家，直到老家亲戚打电话邀请他参加婚礼，才赶回去，下了火车，明明故乡的老房子还在，但因父母不在了，自己一下子感觉不再是故乡的主人，而是客人了，于是发了许多感慨，结尾又下了狠心：这种失去故乡的感觉，绝不能在自己的孩子身上重演云云。

这种文字的确是很容易打动人的，许多人读着读着流出了眼泪，央视的某男主持人忽闪着大眼睛，动情地朗诵的版本，最为催泪。

但这样的故事却打动不了我。看着许多人被感动得真诚地唏嘘流泪，我感觉自己冷漠的表情实在有点扫兴，甚至失礼，都不好意思了。

我冷漠的表情下面，埋藏着许多疑问——

你父母去世，是谁帮助治丧葬埋的？没有本家亲族吗？本村乡亲袖手旁观了吗？是你们弟兄姊妹抬着父母的棺材入土的吗？你每年清明节不回家祭祖扫墓吗？每年寒衣节不给先人烧衣被？几年也不回去照看父母的坟茔，是否有雨水冲刷颓塌、是否有鼠狐打洞做窝？本家亲族有了婚丧嫁娶之事，你不庆吊也不帮助？等等。

我之所以这样不解，是因为我对自己的故乡，从来没有什么离开的感觉。我就一直生活在故乡的氛围中，就像和我的本家亲族、本村乡亲一直生活在一起，斯须未曾游离。我一向秉持为人处世的价值尺度，都是故乡赋予我的，无须刻意固执坚持，也从来没有动摇更改。对于出生在乡村，我从来没有自卑过，反而因为它以贫穷之窘所承载的传统文化、风俗礼仪，让我比照相对富裕的城市生活种种浅薄、没文化，不由自主滋生一种文化优越感和愤愤不平乃至鄙夷。

在敝乡，以婚丧嫁娶为例，"红事叫，白事到"是习惯和自觉。本村在外做生意、干事的人，基本上本省以内距离，只要村里有人去世，必及时赶回帮助料理丧事，有的人宁愿把门店关三两天，也要回村帮助办丧事。通常，在外面工作、公干的本村人，都会给村里本家或关系好的叮嘱：村里老了人，一定要给我电话。能回去必回去，实在回去不了的，也会电话吊慰，待日后回去再上门问候。因为人人都有长辈，家家都会有此事，绝不会只顾自家，不管别人。

那些回到本村帮助料理丧事的，统称"相奉"。相奉们不嫌苦累，一个个平时衣衫不整，貌似散漫，但到了此时，却人人自觉听从调度，无须训练，配合得体周密，井然有序：搭棚布设、修砌炉灶、担水挑煤、抹桌扫地、登高爬低……任劳任怨。以田夫野老之形，迎来送往，朗声大嗓，唱喏应答，亲切热情，显得文质彬彬，有一种别样的气度。有人曾经对我说：什么是有效的企业管理？看农村办丧事相奉们干活就知道了。

通常人家，给晚辈办婚礼，绝不铺张，酒席丰俭不会超过给父母做寿，尤其是丧事的质量，敝乡人常说："给娃结婚吃得太好，人笑话哩。"那么，你随便比照一下当今城市人，办婚礼无不豪华，非分奢僭比比皆是，而对父祖丧事，则极尽简慢，荒唐怪悖，无礼失仪，甚至全程难掩恐惧与厌弃。平时毫无敬畏之心，以时尚文明标榜，任意亵渎神明、侮辱圣贤，临丧祭之事，却神经质地过度迷信，张皇失措。

我就是生活在这样的故乡，它不富裕，但至今顽强地保守着这样的习惯，没有人觉得这样苦累，更可贵的是，任何图简便、谋省事、欲为奢华者，一直很难窜入我们的习惯，乡亲们不知道什么是"坏礼害俗"，但人人会说，咱不破坏村里的规矩。

至于日常，老者望之如太古之民，彼此桑麻闲话，相戒老人要有老人样儿；中年人端庄老成，勤劳生计，节俭持家，口不言是非，身不贪安逸；青年人尽管嬉戏打闹，却从未见行为轻佻、言语亵猥。我每次回老家，近距离听他们谈话，无不与我所见城市的种种现象比较，他们的片言只语，动辄近乎道矣，这些常常令我凝神贯注，不自觉陷入沉思。

一年四时八节，亲友之间往来，皆依礼从俗，各有凭据章法，那种"虽狎必揖"的节日往来和过事时的交集，尤其令人感动。

因此，我从来也不理解什么叫"乡愁"。我没有乡愁。因为我从来没有离开过故乡，不知道愁什么。

要说有所担忧，无非是担心时代变化、代际更迭，无疑会逐渐冲击这些既有的习惯和风俗。我自然没有固执地认为敝乡风俗已臻于至善，希望代之以更加淳美，但眼看天下，同风俗之势不可阻挡，我的担忧是，尽管它不完美，但更怕取代它既有的还不如现有的。

正因如此，我才一有时间就回故乡，哪怕无所事事地走一回。所以，我理解不了那种自己把自己放逐后，一回头，发现此身已与故乡无关，就矫情地抒情、撒娇似的抱怨。

其实，总结起来，敝乡风俗中，不过隐隐地保留着从前纲纪伦常之余绪而已，一代一代自然传承，其人其地被这种纲纪伦常格式化，其中自然就有了道理。世间并非尽是公平如意，但因为道理不泯，则人们尽管不免常常溺于纷扰纠结，所幸会及时抓住伦常纲纪的网格，获得自救并救人。

我的状态常在故乡，所以，每当观察现实人与事，总会比照出自己的感受，付诸文字，便有了不间断的涉及故乡的文字。因此，给人的感觉是，到处逢人说故乡。

2022 年 7 月 27 日于深圳

目录

游子春来折杨柳

浊酒一杯家万里

故乡回首几长亭

悼祭之词

写悼祭文，以我之有限所见，现代人写悼祭文，普遍铺张宣泄，通常套路是接到电话，呆呆半天，眼泪不觉下来，接着仰天悲叹你怎么就走了呀，像唱了句导板一样，接下来絮叨彼此的关系交往，中间时不时再抒情几下——怕人忘记这是写悼念文呢，最后一路走好，天堂里没有啥啥之类……普遍显得假，网上流传谁又写父亲了、谁又写母亲了，如何动人了，我基本上没看完过——不怀疑其用心真诚，但因为不会写、不懂拿捏，显得假，伪人伪情似的，自己哭哭咧咧，别人看着害臊。

我老家乡下，至今执行古礼：丧事所用一切文字如挽联、挽幛、悼祭文等，必请他人书写。即自己人不能做，因为你无论怎么做，都是错的——写不好，不孝；写得好，说明你哀毁未足，还有心情遣词造句，亦不孝。

小布什给他爸老布什写的悼词，不叙其一生之功，仅述其为人之德。哀而不伤，矜持克制，平易动人。

虽说孝子当哀毁不成辞，不能亲自写悼祭文，但这样写，非常恰当。

不甩大词儿，不夸张其功，不宣泄情绪，不敷衍文字，无一处不真实，平实稳当却尖新雄奇尽在其中。

当今很多人写悼祭文，基本上是农村妇女哭丧式写法，但却没有她们哭丧那么得体有章法。

在这里停一下，让我说说农村妇女哭丧——

现在农村年轻妇人会哭丧的不多了，一个个像猫叫一样。哭丧是有章法的，会哭丧的，声音有各自的调，还有词儿，词儿临时随口而出，多为排比抒情，断续反复，不嫌烦冗，而绝少叙事，以哀不成辞之故。大声哭丧，还有整齐划一之效：斩齐之服，悲痛有余，其声宏响；远血疏亲，自然悲衰哀减，而敷之以宏声，是为损有余以补不足。且相互感染、彼此激发，营造出悲伤隆重的氛围。

今之年轻妇人只会低泣，正哭祭拜奠时，若乐作而人声纷杂，则只见女孝子低头，不闻其哭声，殊为怪异；俄尔乐住，或闻嘤嘤，如猫叫一般，且彼此不相互感激，若有一二人先收声，则很快都收声，灵堂人众，却寂寞无声，一身白孝，至为尴尬。

小时候不懂事，印象最深的是家族中远房本家十曾祖母（我称十老婆），几乎每天早上来我祖母处串门聊天，我祖母烧火做饭，十老婆一身黑，小脚，拄拐杖，坐小板凳，和我祖母聊天。十老婆去世，她两个女儿的哭丧，十分动人。逢七烧纸，头一天傍晚女儿来，未进村，悲声大放，穿孝，手持纸花、祭品，本家人赶紧循声迎接，搀扶至家，一路步子踉跄缓慢，悲声悠扬，为贫苦寂寥的乡村敷上一层古旷辽远之气……

我说这些，只会招来非议——懂的人，不用说；不懂的人，说了白说，会招嘲讽、鄙视、谩骂什么的。

《诗》云："凡民有丧，匍匐救之。"匍匐救之是形容急迫的样子，路过丧家，要匆忙路过或急忙去帮助他。《礼》曰："君子戒慎，不失色于人。"意思是做人要端庄严肃谨慎，不要在人前失态。比如在丧家面前，你嬉笑玩耍，表情喜悦，举止轻狂，衣着艳丽，就是失态。失态就是失礼。

孔子去有丧之家吊唁，人家招待吃饭，孔子从不吃饱，神情必端庄严肃——"子食于有丧者之侧，未尝饱也"。如果去有丧之家吊唁已毕，到了别处，换了环境，新环境的新活动如果需要唱歌，孔子都不唱，因"余哀未忘，自不能歌也"。不仅如此，就是平常，孔子见了那些身穿孝服的人，虽当时身心很放松地娱乐，但见此则骤然敛色，尽量使自己看起来很端庄。（"见齐衰者，虽狎，必变。"）孔子坐着车，看见旁边有人穿着孝服，必赶紧站起来，双手抓着车前面的横木，目光凝重地看着对方，示意礼敬，此所谓"凶服者式之"。

古人写悼祭文，繁简长短，动人者比比皆是，韩愈的《祭十二郎文》就不用说了，如文天祥悼妻文，寥寥几句，气贯长虹："烈女不嫁二夫，忠臣不事二主。天上地下，惟我与汝，呜呼哀哉！"张子韶祭洪皓文："维某年月日具官某，谨以清酌之奠昭告于某官之灵，呜呼哀哉，伏惟尚飨！"——情旨哀怆，乃过于词。

白话悼祭文，区区如我之短视，以汪曾祺先生为最，他悼念沈从文的《星斗其文，赤子其人》、悼念朱德熙的《怀念德熙》，以及在《遥寄爱荷华》中对安格尔的悼念，都写得好。克制收束，胜过挥洒铺张。

2018 年 12 月 7 日

日本人抄古诗

日本人用中国曾经的基本文化礼仪常识，甚至可以说中国古代文化礼仪的毫末，就把今天的中国人刺激得一惊一乍。

于美人说，是把中国人中不读书的人刺激得一惊一乍。

邹金灿先生说，这时候艳羡日本的人，跟平常不分场合、不分对象随口说脏话等的，都是一类人。只能说明他们傻，都不读自己祖先的书。

网上还有许多缓过神儿来的大明白，一个劲儿地冒酸水，讥刺人们对此事的过度反应。好像他早知道、他也会似的。

你还别不服气。你不服气你也晚了。冒酸水能去火吗？

的确，不是人家多厉害，是你显得人家厉害。

日本人抄了几句古人的话而已。

抄古诗，这在我老家农村现在还有，比如办丧礼，城里人的遗体告别会上写着：某某一路走好，天堂里没有病痛；某爸爸妈妈我们永远爱你，等等。弄得好像前来吊唁的人都是孝子似的。我那落后的陕西关中老家乡下，就是抄《诗经·小雅·蓼莪》"哀哀父母，生我劬劳……欲报之德，昊天罔极"以表达孝思。

同样是抄古诗，为什么日本人抄两句诗，就催人泪下了？

发讣告，城市人像召集参加宴会和娱乐活动一样，我们乡下大致是这样写讣告的——

不孝男（女）××等侍奉无状，祸延家慈（严）。先妣（考）某府某氏老人，于公元×年×月×日与世长辞，享年××岁。不孝痛侍在侧，亲视含殓，遵礼成服。谨定于×年×月×日×时，于××（地址）举行丧礼，亲友唁奠，存殁均感。

> 不孝子××等泣血稽首
>
> ×年×月×日

很多城里人嫌这样不够通俗明白。

常常在朋友圈看到五花八门的"准讣告"，个个弄得跟玩儿似的。可潇洒啦！

再如婚礼，我们乡下至今频繁抄写"窈窕淑女，君子好逑"之类古诗，或者根据情况变化一下。礼仪用简化了的"六礼"——比如现在找不到大雁，我们的"雁奠"环节就用大红公鸡，总之，心到了。我们的新娘当天有给她梳头的，有扶女的，梳头扶女的每个环节都悄悄告诉新娘：走路看东西要"烟视媚行"（《吕氏春秋·不屈》："人有新取妇者，妇至，宜安矜，烟视媚行。"），不要流露任何明显的态度，要像半个傻子一样，一切都不用操心，有梳头扶女的在侧，万事放心，别傻了吧唧地自己出头。

我还看过一个福建乡下的婚礼，礼仪、音乐非常动人！我常常循环播放这段视频，感受那种庄重而又欢庆的气氛。

这些，有的城市人是看不上的，以为土气，新娘穿得太严实，着装没有暴露，婚礼上个个太端正拘束，他们坐在旁边感觉很箍扎、不轻松。更主要是都说乡下的礼俗都是虚礼，都是形式主义，他们来参加或围观我们乡下的婚礼，就是这样，给我们扔下一大堆帽子，然后潇洒地绝尘而去。

现在城市里有的婚礼不伦不类，新娘穿一身白纱，戴孝一样，主持人满口荤语亵词，极尽狎戏耍闹，全场主客，皆调笑无状。我们乡下人不习惯。

我的朋友探花楼主说："城里人本来拿结婚也没当回事儿，反正过不了几天就离，玩儿一样，像你们乡下那样庄重，让人怎么离？"

这个这个……好吧。

2020 年 2 月 12 日

为什么你对非汉语的名字都高看一眼？

新文化运动，汉人对外国的、少数民族的事物都普遍高看一眼，基本上共同的特征是：自动给非汉语名又用汉字音译的名字加分——

比如同一种野花，说汉语名为"山丹丹"，你就想到陕北苦农民，在没有草的山梁上放羊，唱信天游，大半辈子为娶媳妇儿熬煎。可是，说蒙古族语名为"萨日朗"，你的感觉就完全不同了，抖音上，多少人跳"GO！红红的萨日朗"？

同样，说汉语名"翠菊""八瓣梅"等，你就想到村里小芳一样冬天穿着肥棉裤、红棉袄的姑娘，脸蛋儿冻得红红的，有没有？可是，说藏语名字"格桑花"，你那沉睡了十八年的文艺病根儿就被勾起来了，是不是？

再比如同一种水果，说汉语"甜樱桃"，你会懒得拿起草编篮子去提，甚至懒得吃。可是，一说"车厘子"，你就不一样了。

还有，给你介绍个对象，说这个小伙子开了个小卖部，作为单身姑娘的你，扭头就走；可是，说这小伙子开了个士多店，你至少会多看他两眼。

承德一老师说他们单位有个女同事，名叫"迎春"，谁也没注意。后来她跟自己的蒙古族母亲随了蒙古族，改名"其其格"，感觉就不一样了。

说中国曲艺数来宝、莲花落，你立即想起了要饭的花子；可是说美国惠特曼的代表作《草叶集》，你立即想穿上拖地长花格子布裙，奔向从马上翻身跃下的长腿高靴牛仔哥哥，是不是？其实，《草叶集》就是美国的莲花落、数来宝。

今天你把秦腔剧团改称乱弹剧院，年轻的秦腔演员可能有一大半会辞职。可是，你要是改为比如秦声歌剧院，会吸引一大批平时根本不听戏的年轻时髦棒槌主动追捧。其实，秦腔以前就叫"乱弹"，乱是一种艺术抒情方式，乐章的尾声叫作乱。古代辞赋里用在篇末，总括全篇思想内容的文字也叫"乱"，如《楚辞·屈原·涉江》："乱曰：鸾鸟凤皇，日以远兮……怀信侘傺，忽乎吾将行兮！"再如陕西明代状元、戏剧家康海的文集中也频频易见"乱曰"如何如何。

法国的巴黎圣母院火灾，几万里外的你，这辈子哪怕去不了，你也感觉心疼，为之惋惜。可是，郭德纲说"巴黎的娘娘庙着火了"，你能笑喷……

2020 年 7 月 22 日

文化人才培养无捷径可走，
就像别人无法替你睡觉一样

【说文解字】：涔。

涔：渍也。——《说文》

夫牛蹄之涔，不能生鳝鲔。——《淮南子·氾论训》

路上的积水，如：牛蹄之涔，无尺之鲤。——《淮南子·俶真训》

又如：涔蹄（积水的蹄迹）。

【今日作文用例】——

经济、科技应该大力引进人才，就是放手去专门掐全宇宙的尖儿都可以。

唯独文化人才，必须自己培养，一点捷径走不得，它像瞌睡一样，必须从自己眼里过，别人无法替你睡觉。自欺欺人想投机取巧，想借助药物等手段，非养生强体之法。

现在，各地普遍存在一个问题：急功近利，总想通过各种优待诱惑，将外地的文化人才引进本地，一是能充门面，二是指望快速出成绩。

想通过引进外地文化人才、名家以充实文化人才先天欠缺的地区，迷信钱可以买来外地文化名家，是"大跨步"思维。这种思想一冲动，于是轻贱本地文化人才的培养就成为必然，即便是本地有真正的文化人才，也是视若无睹的，或者说不是不认识，是不接受、不容忍。

李白有两句诗，非常令人悲怆："宋人不辨玉，鲁贱东家丘。"用《颜氏家训·慕贤》中的话可以解释："世人多蔽，贵耳贱目，重遥轻近。少长周旋，如有贤哲，每相狎侮，不加礼敬；他乡异县，微藉风声，延颈企踵，甚于饥渴。校其长短，核其精粗，或彼不能如此矣。所以鲁人谓孔子为东家丘。"

颜之推的话说得够详尽的了，可见这种毛病古来有之。"铄金玷玉，向不乏彼谗人；沉垢索瘢，尤求多于佳士。"本地人才即使偶尔获得一点小恩赐，也是"颠蹶之请，望拜之谒，虽得则薄矣"。

贵远贱近，对外面的，慷慨无极，结与国之欢心，高接远迎，卑辞恭貌以博灿笑。对本地人才千般计较、百般不放心，偶有施舍，必先折辱，球长毛短，不厌其烦地查证考索，质疑吹求，锱铢必较。想起明仁宗故事：洪熙元年（1425），上闻淮、徐、山东民多乏食，召杨士奇等草诏免夏税。士奇曰："可令户、工二部与闻。"上曰："救民之穷，当如救焚拯溺。有司虑国用不足，必持不决之意，卿等姑勿言，速遣使赉行。"左右言："地方千余里，宜有分别。"上曰："恤民宁过厚，为天下主，可与民尺寸较量耶？"

老百姓都知道：肉烂在锅里——没有糟践。对待本地人才，恤宁过厚，而不与尺寸较量，是同一个意思。

再说，用你的脚后跟想想：既已功成名就的文化名家，在其得志的原生地，人家既得志，就不愿来。而失意者，如唐人所言："瘦叶几经雪，淡花应少春。"尽管潜力大，其品相必然入不了你的眼。因为你必是"长安重桃李"，不把不得志者当人才。

文化名家人才如果是你盼望的文化高峰的话，高峰自有其造山运动的形成条件和过程，都什么年代了，还做梦能有一座座飞来峰？

其实，放眼望去，外地的文化人才像名木佳卉一样，如今也不多了。因此，掌握人才引进权力的，不要放纵自己贵远贱近的毛病，否则，引进的必难如你所愿。

而真正有实力、有名气的名家人才，你人傻钱多给人家越好的优待，人家内心说不好越对你不屑，你能给多少？再多，他们也不觉得多。古语云："涔蹄之水，安能展神龙！"

2020 年 8 月 9 日

"标准答案"——多么浅薄自负！

　　抖音某短视频：水塘边，一只漂亮的白鹭被一条蛇咬住，可怜的白鹭无望地挣扎着，蛇凶悍地蠕动着大嘴随着白鹭的挣扎使劲儿地吞，场面极其惨酷。

　　该短视频下置顶的留言是：蛇应该从地球上消失！

　　该留言下面是数百条回复，我大致看了一下，绝大多数是对这个留言者严词振振地教训的，说法花样百出，意思整齐划一，无非是说：这是生态平衡、自然现象、食物链等等。比如：你让蛇消失，你没问问被白鹭吃掉的水里的鱼虾什么意见？非常俏皮。

　　我将这个视频拿给我们村 78 岁的老太太看，老太太看了，并没有表现出惊讶，也没有常见城市人的那种程式化的敏感娇气，没有感慨白鹭可怜等等。

　　我给她读视频留言区置顶的评论："蛇应该从地球上消失！"问她对这句话的看法。

　　老太太平淡地说："嗯！这说的就是一句气话嘛。

他能把蛇都消灭了？谁把谁都消灭不了。该消灭的东西，谁也救不下来；不该消灭的，谁拿它也没办法。那就是一句气话。"

我再问："为啥说那是一句气话？"

老太太："人见白鸟儿好看，叫蛇吃了，觉得不忍心嘛，没办法嘛，说了一句气话。"

我反复寻味老太太的话，越想越有意思。再看置顶留言下面那些严词振振、批评教育、挺留言者的数百条回复，这几百人说的，没有一个字是错的，可谓全部是"正确的标准答案"，生态政治正确。但是怎么他们的回复在我看来一个个那么面目狰狞，令人厌恶呢？

是啊！观点头顶着"标准答案"，怎么看上去那么可憎可厌？

这再一次让我想起宗萨钦哲仁波切说的话："既不做吸烟者，也不做骄傲的不吸烟者；不做说谎者，也不做极其傲慢的不说谎者。极端的守戒，只让骄傲膨胀。以自己守戒为荣的佛教徒，表现出屈就他人，炫耀自己的戒律，让那没守戒或守了一点儿的人难堪……"

其实，同样的意思，孔子早说过："如有周公之才之美，使骄且吝，其余不足观也已。"用现在的话说，的确，你说的都是"标准答案"，每一个标点符号都正确。但是你说话的那种德性，非常令人厌恶，因此你的"标准答案"没有任何意义。

我常常听农村没读过什么书的老太太说话，感觉她们才是与圣人大德一脉相承的人。比如老太太说："那是一句气话嘛。"这就是得情得理的通达之言，达乎忠恕之道。也自然契合孟子说的四端："恻隐之心，仁之端也；羞恶之心，义之端也；辞让之心，礼之端也；是非之心，智之端也。"

可不是吗？让蛇消失的那个愤怒的留言者未必不知道那些生态学等的"标准答案"，他只是表达了看到蛇吞白鹭的视频时的情绪：见白鹭遇难，起恻隐之心；见蛇之凶残，起羞恶之心；灭蛇之言缘于心中扶弱抑强之意，乃辞让之心；厌恶丑陋喜欢美好，此是非之心。

明朝人说："文人才子之口，实多微辞；听言参论之问，当解大意。"那些嘴上时刻叨着"标准答案"，趾高气扬地混世界的"政治正确"者，必然是断绝了慧根，不能探幽发微体察人情世故，与微言大义几乎隔绝。更可怕的是，"标准答案"容易让人"骄且吝"，骄吝之人，必然伪人伪行，不仅很无趣，还有害。

孟子说："尽信书，不如无书。"用今天的话说：尽信"标准答案"，不如无标准答案。

2020 年 10 月 15 日

乡土惩罚

在某群里看到一段"老夏"的短视频——

女：有人传你跟我们的女领导关系暧昧……

老夏：谁传的？在哪里传的？什么时候传的？你告诉我，我找他去！

女：没有没有，我就是听别人说的……

老夏：谁说的？在哪里说的？什么时候说的？你告诉我，我找他去！

——老夏这简直就是教科书级别的回应，无一字可增删。

2021年2月26日，最高人民法院、最高人民检察院联合发布《关于执行〈中华人民共和国刑法〉确定罪名的补充规定（七）》，新增17个罪名，另对原10个罪名作了调整或者取消。自此，我国刑法总计规定了483个罪名。

一般人遭受诽谤造谣的伤害，通常只要求对方道歉、赔偿即可，仿佛这样就还受伤害者的清白了。

我主张对所有造谣诽谤者，只需用合法正常程序让对方证实其造谣诽谤即可，不要求对方道歉，也不接受道歉。道歉太轻易了，因此也太虚假了。

我主张获得对方确认造谣诽谤的事实后，应该用各种方法惩罚他，直到自己心里过得去为止。

在我老家关中，差不多黄河流域各个省，对造谣诽谤别人有男女问题的人，惩罚最严重。办法是这样的：你拿不出证据，就是造谣诽谤，就是对人家男女双方家族的诬陷和侮辱，这两个家族会找你家族主事的交涉，当众将你暴打后，由两个人把你押成类似从前批斗会"喷气式"的造型，然后另一个人用旧鞋底子蘸上屎，打你的嘴。

打嘴一定不疼，就是示辱示贱以惩罚。据说，你的家族若明智，会帮对方完成这个惩罚，以示你的造谣诽谤丑行没有得到家族的曲护，家族不能因为你而失了颜面，这就是大义灭亲，家族的荣誉和体面因此止损。相反，你的家族若百般曲护你，则必犯众怒，大失颜面，会被方圆百十里的人上百年歧视。所以，通常事犯，最先提出用蘸屎鞋底子打嘴的，恰恰是造谣者自己的家族，以证明该家族尚知礼义廉耻、有底线。

被蘸屎鞋底子打过嘴的人，其人其子女从此如同归了"贱籍"，一般人羞于与其结亲。据说在从前，被人用鞋底子蘸屎打过的人，不让参加科考，其人其家运气衰败至少一百年。一百年内，居贱忍辱还要不断卑微诚心地做功德行好事才能扭转。向下至今骂人没出息、犯罪等，最严重的一句是：你先人吃屎了。

蘸屎鞋底子打嘴这种惩罚，就是孔子说的"小惩大诫"。它使一般人不敢随便造谣传谣、诽谤诬陷他人，因为代价实在太大了。

问题是，在这种文化价值氛围的我的老家，我从小到大，都没听人说过别人在男女问题上的闲话。我们关中人有保守的天性，又刚直倔强，负气健讼而轻生死，常常为了一句闲话，不惜停业泼家以争纠个高低。所以，这种惩罚在我们那里很有效，使整个老家人人"君子怀刑"似的，不敢随便开这种玩笑。

我从小到大，也只是听说过这种惩罚，但没见过，几十年里也没有听说周围发生过。我的父辈甚至祖辈都没见过。但令人惊奇的是，这种惩罚的标准却清晰坚强地传了下来，可见"上医医未病""君子怀刑"是最高境界。

因此，我非常反感那些农村题材的小说、影视剧写农村人的男女苟且之事，还骙骙敷饰以人性、爱情等。根本没这个事！

在这种习惯氛围里，人们对谈论别人的男女之事，谨慎到了极致。至今我和自己的老同学们，连这种玩笑都不开，也从未谈论现实中的任何人的这种事，哪怕借着影视剧的人物扯闲话说笑，大家也自然先把谈论对象蔑视之，绝无一本正经说的。我们村的小伙子聚在一起，哪怕是现在的信息时代制造的随便，他们也不随便说这个。真是畏之如烈火沸汤，远之唯恐不及。我印象最深的是一次村里有老人去世，过大事——我们家乡有个好风气：凡是村里老了人，在外地工作、经商的人，会尽量赶回去吊丧并主动帮忙，所谓"红事叫，白事到"，即村里有丧事，不用丧主家叫你，你要主动去。那些在外地做小生意开店的，有的宁可关门歇业几日，也会赶回去。有一次，有个人远从东南沿海某地回去，邻居见面，聊彼此见闻，那个人说着，突然压低声音，身子也下弯下蹲似的说："我最训（音：埙。排斥、厌恶）那地方（指自己经商地区）的人，在自家店里放黄碟，阿公阿家儿媳妇还一块看，还指指戳戳地评论，嗯！啥嘛！咱觉着不可思议。"众人随之低头下蹲似的听了他的话，听完普遍脸红了，纷纷故意清了嗓子，掩盖尴尬，集体似的吼了声：嗯！啥嘛！并且赶紧散开，仿佛怕其他人发现他们在聊这个似的。

今天的人怎么知道这种惩罚？比如有人议论别人此类绯闻，会有年长者严厉警告：不要胡说！捉奸捉双，小心人家找你，你没证据让人用蘸屎鞋底子打嘴！如此，闻者无不骇汗。

辛丑年正月十六记

蒲城县的旧对联

翻阅方志旧籍，见蒲城文献中载前人所撰对联数十副，反复品味，颇有意思。联语可见蒲城人性格，质直而诚朴，不屑扭捏影射，无暇摇曳含蓄，多当头棒喝乃至金刚怒目、直击人心，而词必有自，言皆有由，无一字含糊敷衍，寓教化于神道设理。或有出律。偶见犯格，谅其质直而用诸愚俗间，似可不计较工整，得意妄言而已。

比如，疫情当前，蒲城县有旧庙祀瘟疫之神。其联云——

其一

赐福皆偏正士第

瘟疫不染吉人家

【按】此化"吉人自有天相"之言，比以"正人不妄求非分之福"之理，教人日常平居，当修养正身，做善吉利事，自可为己为家积德蓄福。

其二

善恶都从人所造
瘟疫总在神灵操

【按】此老子所谓"君子有造命之学，命由我立，福自己求。祸福无门，唯人自招"。《太上感应篇》云："善恶之报，如影随形。"此非推诿祸患于外，唯以神明警戒，不迁怒移怨与外，多反求诸己。

三义庙祀刘关张兄弟，联云——

有仁义道德，方可入庙敬神
无慈善心肝，何必磕头烧香

【按】此联当为入天下寺院庙宇所必诵。

阎王庙旧联——

其一

这条路谁能不走
那般事你且莫为

其二

任尔机谋弄不到此间关节
借谁权势忘记了这里神明

【按】此二联，真当头棒喝也！应高挂于今日城市殡仪馆。今日殡仪馆，皆工业化流程，无文化礼仪，场地、时间、设备、用具等等，只容许丧主亲友依各自乡俗敷衍而已，非设理于丧祭、施教化于哭拜。凡人参加告别仪式，必减损内心对文化的敬意、对生命的敬重。

城隍庙联云 ——

起念时，莫忘孝悌忠信
入庙来，须存正直聪明

【按】与三义庙联同意趣。不以苟且之词赚香火，专以坦荡之言警愚俗。

药王庙旧联 ——

其一

就是神仙能治病
也须自己不伤天

其二

仙方不治坏心病

神药只医正气人

【按】与瘟神庙联意趣相近：不蛊惑人妄求非分，而劝诫人养正修身。一点都不忽悠人，连句无关紧要的安慰都没有，简直不像庙联！

财神庙联 ——

权横天下无私心

掌握人间有道财

【按】观此联可见，没有勾引人烧香多就能获得财神的关照多，没有把财神当作可以用香火钱财收买的贪官或可供驱使的猥役，而是让人到此明白发财的道理。如诸路财神，皆因其不爱财，才有资格掌管钱财。

新年将至，俗云：腊月二十三，打发灶神上青天。蒲城县旧时灶神联一组 ——

其一

四时春作首

五祀灶为先

其二

灵光司大德

正气达天庭

其三

管人家烟火兴盛

司本家米面富盈

【按】联语皆吉祥之词，今日仍可用之。

今人所撰对联，露骨浅薄，不足寓目。思其所以，盖因理未明，气不张，法不严。用一句俗话说：桌子底下放风筝——出手就不高。

蒲城文献所载前人撰联，我所能烂熟于心者，如书房联："焚柏籽香读周易，滴荷花露写唐诗。"这种风格，反倒不像是蒲城人所为。

什么才像是蒲城人撰写的对联？我收藏有吴祖光先生、陈永正先生书写的《蒲城县志》载前人联："有血性人方能共事，无经史气不足论文。"是典型的蒲城性格和蒲城人用语，可当座右铭。

有意思的是，这副对联，那年我请广州刘斯奋先生书写，刘先生一听联语，就跳了起来——先生的身体真是猛然跳开，闪到旁边，连忙摆手："这个不行的！不行的！这种话我们广东人不说的！不说的！"

刘先生自有道理。

可见越是地方性格明显的东西，必然会让别的文化体质产生本能的抗拒。

2022 年 1 月 8 日

客心何事转凄然

深圳人才公园记

　　物性不齐，人有良莠，天地之常也。若夫愚者守分，贤者立功，此之谓止于至善者也欤？故物不平则鸣，才不显乃争。有非常之功，必待非常之人。夫治世者，皆善用才之世也。非伊吕之徒，如商周何？非良平之辈，如炎汉何？英雄入彀，宜乎贞观曰治；少年簪花，固矣咸平称隆。

　　我深圳以边鄙渔村，不过三纪，竟为大都，声动天下，尊贤之政使然也。夫骥骨虽贵，越国远市；黄金非宝，燕台高筑。是知贤异若水，择谦而趋。弼贤俾能，无远弗举。市府为铭其志，于斯团土浚流，树嘉木而植芳卉，勒坚石以彰德功，名之以人才公园，用感来者，使奋厉有济世志焉。

　　其园也，星分轸域，衡殷南斗，居坎虚危，渊玄湛寂。一湾情涵，孕灵武曲，三山遥拱，日光兆祥。刚柔相荡，势来形止。

窃谓游斯园也，徐迤迂远，登高履平，荡舟烟波，仰观羽飞高天，俯察鳞翔瀚海，能无激扬乎：嗟夫士之命也者，时也遇也。时不利兮，三闾哀之、董子嗟之、史公悲之。及夫见用，则乐剧骏奔，孔明奋袂，泛驾而致千里，跅弛而使绝国也。故曰明君取士，贵拔众之所遗；忠臣荐善，不废格之所排。是以岩穴无隐藏，而侧陋章显也。云驶月运，舟行岸移，月之皎皎，岸之岩岩，有以异乎？夫贤才之称于世也，大体则一，时移则异。俊异之士，德才兼备者，亘古绝少。德昭而粥粥者，经生寡术；才敏而攘攘者，机巧亏心。志节者，懔然自持，庄严不可侮犯；才智者，阉然媚世，谀悦逢迎求容。汉明章涵养德介，持大厦之将倾；魏武帝偏重才诣，酿诸胡之构难。始知志节犹姜桂之和，不可一日无之；才智若甘脆之味，缺之累月何伤。方今之世，求人才者可不闻欤！

岁在强圉作噩公历二〇一七年，蒲城许石林记。

你的可悲不只是"有病"，是"有病"还找不到"药"

看有些人说传统文化，真是让人气不打一处来。

"知之为知之，不知为不知，是知也。""君子于其所不知者，盖阙如也。"通俗地说，就是：你对自己不知道的事儿不说话，没人把你当哑巴。

要不是现在政府大力提倡复兴传统文化，许多曾经革过传统文化命的主儿，是一直本能地坚持反传统，将中华历史用"吃人"两个字概括的；即便是今天，政府已经高调地提倡复兴传统文化，那些革过传统文化命的主儿，还是内心很抵触的，但他们又没有其所反对的传统文化教给的气节，且贪恋禄位，才不得不随声附和，望风梯荣地也敷衍几句复兴传统文化云云，算是表个态。

这种人很好判断，就是一说弘扬传统文化，就说类似这种话："当然，弘扬优秀传统文化不是完全复古，是当代精神与古典趣味的融会贯通。"

这话是不是看着眼熟？对了，这是当今那些根本不知道传统文化是什么、也不打算学习和亲近传统文化、也学习亲近不了的人的统一口径。他们有话语机会，有话语权，一让他们针对传统文化复兴的话题发言，便说出这种吞吞吐吐、一分为二、八面玲珑、两头讨好、四方照顾、一步三回头、万般不甘心的话。

这种话，看似承认并支持传统文化的复兴，其实是不承认或否定政府关于传统文化复兴的精神。说其用心险恶似乎说不上，用心险恶的前提是对自己所反对的对象要有所了解。问题是他们根本不了解、不知道，自己把自己耽误了，只是要发言，才说几句这种吞吞吐吐、一分为二、八面玲珑、两头讨好、四方照顾、一步三回头、万般不甘心的话。

这种话，孔子给它用四个字下定义：言伪而辩。

一般人看不出这种话有什么错，当然了，所以，前人说："壬人佞士，凡明主皆能诛之；闻人高士，非大圣人不知其当诛也。"

其实，这种貌似正确的废话，是经不起稍微推敲的——

你以为想复古就能复古吗？

应该以追求复古的力度和诚意，达到复兴的效果，而所谓现代精神自然而生。

心里先有了带偏见的现代精神，就绝不会有传统文化和古典趣味。那敢问你现代精神是什么？能说清楚吗？毫无悬念地判断，你对你嘴上粘贴着的所谓的现代精神，正如对传统文化一样，根本说不清楚。

所以说，看见那些吞吞吐吐、一分为二、八面玲珑、两头讨好、四方照顾、一步三回头、万般不甘心的话，就会发现，现在是一个无知者也能有话语权，瞎表态的时代。

可怜兼尴尬：知道有病了，却不会吃药；拿到账号了，却找不到密码。

学习传统文化，根本不是立场问题，是能力问题。你本身没有能力，即便站对了立场，嘴上心里真爱传统文化，顶多就是个"脑残粉"，弄不好是传统文化的累赘，你折腾得大了，传统文化还受你连累吃挂落儿。所谓国学界，许多人折腾得越厉害，造孽越深重，不是吗？

学习传统文化，亲近传统文化，再重复一遍：是能力，不是立场。

或问：能力不足的，也想学传统文化，怎么办？

答：守住本分，别妄想，你跟风盲从就可以了。你的所谓信仰就应该是"迷信"才对，只有"迷信"才对你有益。别害怕"迷信"俩字儿。有时候它是一味药，对有些症状有特效。所谓"忠鲠孝义以教君子，因果报应以警愚俗"，自古教人向化，无非此两种途径，也可以说人跟人不同，各有其方便之门。

问：如何才能守本分去妄念？

答：时刻怀敬畏之心，则自然去妄而守本。

最后说一句：只有性情之人即那些生命状态是蓬勃有生机的人，才会亲近欣赏性情文字，才会理解你激切的文字背后的忧虑、无奈甚至绝望，他们懂得识大体而弃残碎，他们懂得执一端推其极而论之，他们懂得"直必见非，严又被惮"，懂得"谏争之道，不激切不足以起人主意，激切则近谤讪"，而不是简单给你下一个偏激的结论——偏激？你不学无术、生命枯索乏味、身心懒惰麻木，却常常自认为一屁股能坐在事物的正中心，凭什么？别人偏了你就是偏了激，你是激？

2017 年 3 月 5 日

向地方志学好好说话

一直订阅一本专业但生僻的杂志《中国地方志》。

这种杂志的文字我喜欢，作者们知道自己所写，是给少数人看的，因而就没有了表演劲儿，力求文字平实、朴素，引经据典也不一惊一乍好像自己发现了什么了不得的东西似的。

与其说是喜欢这个杂志，不如说喜欢通过文字欣赏书写这些文字的人。

同样的文字，比如那年在陕西历史博物馆参观结束后，见商品柜台有两本厚厚的《西周史论文集》，1993年版。一看便放不下，文字中就是这种味道：好好说话。这种文字，是当今极少见到的用白话文写作，但绝少废词赘语的好文章。不骄不躁地徐徐道来，无丝毫欺瞒，无穿凿附会，不铺陈渲染而自端庄伟丽，读这种文字，可使人消焦虑除忧烦，复归宁静淡泊的状态。好文字的确有养生康体的作用，如欧阳修所言：

"每体之不康，则或取六经百氏若古人述作之文章诵之，爱其深博闳达雄富伟丽之说，则必茫乎以思，畅乎以平，释然不知疾之在体。"

其实，这种杂志还有一个好处，它提供了丰富的地方志类史料、资料索引。假如你有兴趣，你的兴趣就像火星掉在棉花堆里，会不断地在其中钻探游走。

我一直留心收集各地地方志，对于老家各个时期编辑的任何文史印刷品，都有兴趣。那年去贵州镇远住了两天，在河边一个小书店看到一本《镇远府志》，大开本，厚厚的，读了前面两篇清代人写的序言，便很喜欢，于是不嫌重，背回来了。如果说旅游能增广见闻，读这种地方志，足不出户，即可卧游神驰，收旅游不可得之效。

有关修志，想起我的老师辈苏家驹，他曾经供职某部门，新贵得志上任，苏则转去修行业志，令下，欣然前往。见我，说他有一个体会，曰：得志不修志，修志不得志，不得志为得志修志。

这是对当今修志的精准描述。

记得曾经拜访国家清史总编纂、耄耋老人戴逸先生，请教：您任总编纂的清史，用文言文写还是白话文写？先生无奈地说：用白话文，争取多引用文言文，白话文也争取有文言文的味道，因为当今能用文言文圆熟地写作的人实在太少。

想起先生家乡清末民初老学人的话：学文言文写

出的白话文，如虾子豆腐汤；学白话文写出的白话文，如青菜豆腐汤。

和戴先生聊到高兴处，先生找出一本文集中收入的他十几岁时写的文言文给我们看，晚辈们边捧读边赞叹并唏嘘不已。先生在一旁笑得很灿烂。

至于现代人写的地方志，除了资料有索引价值，其文字多数根本没法看。

现在的地方志，基本上像工作报告的汇集，文笔僵硬枯燥，更无章法。厚厚的一本，无非是采集前人原文尚可一观，至于今人文字，实在难以卒读。常常想：能看完这种地方志的人，得多无趣啊！其生命必无丝毫美感和上进之心。

现在修志的，千方百计让文字不好看。写一行字，瞻顾八面，心里总在想，要是让比自己更弱智、人品更差、更没文化的人看不懂或误解了怎么办？这种桌子底下放风筝——出手能高吗？

"文运关乎国运"，信然。可是，这些人一提笔作文，便迁就迎合最没文化者，生怕把他们伺候不好，生怕他们因不懂而误会，于是心态习惯于谄下取宠，一路向下，不断创新低，人心自觉丧失向上的追求，越发避难就易，以至于仇智嫉学，藐视侮辱斯文。

人心若纷纷思赴下作，运还能好吗？

2017 年 9 月 23 日

跋朱拓《西安秦砖汉瓦博物馆藏秦双犬瓦当》

　　西安秦砖汉瓦博物馆任军宜先生赠朱拓《西安秦砖汉瓦博物馆藏秦双犬瓦当》拓片数帧贺戊戌新年。

　　感激无尽。

　　余撰跋数语，倩李静先生书之。

　　跋曰——

　　西安秦砖汉瓦博物馆藏秦双犬瓦当，朱拓递赠以贺戊戌新岁。古以犬为瑞，贵同四灵。《周礼·秋官》云："凡相犬牵犬者属焉，掌其政治。"人之生息繁衍至今，犬之功实不可没，不唯"家畜，以吠守"。乃至于以犬为祖者有之。盖犬者全也，双犬者，福寿双全也；俗又以双犬拱日为祥嘉，良有以也。秦瓦稀见，此箴尤可珍贵欤。

　　时在戊戌立春　许石林跋　李静书

书成拍照，晒于朋友圈，未几，悉数为沪上张宝林兄索之。余亦乐予焉，乃复赘跋数语附之，曰——

秦襄公时，天狗吠守，一堡无患。犬之义行，代不绝书。俗呼曰狗，狗者苟也，犬者全矣，又通权、泉、劝，不一而足。可知孔明苟全性命之叹，其意深其旨微矣。是以巨权在握，非屈己苟人而何！非钱何以治生？欲得钱财，无苟可乎？俗语听人劝吃饱饭，亦自抑尊人之意也。且圣训在耳：释曰无所住，苟也；礼云俨若思，全也。盖欲全必苟，唯苟能全。福寿双全，其无苟乎。

2018 年 2 月 14 日

跋西安秦砖汉瓦博物馆朱拓《豥豚图》

神宗皇帝一日行后苑，见牧豥豚者，问何所用。牧者对曰："自祖宗以来长令畜之。自稚养之以大，则杀之，又养稚者。前朝不敢易，亦不知果安用。"神宗沉思久之，诏复所司，禁中不得复畜。数月，卫士忽获妖人，急欲血浇之，禁中卒不能致。神宗方悟太祖之远略亦及此。

是知豥豚足以祛邪也。

豥豚之行，水陆不可阻，上古以为龙。古民谚云："猪入门，百福臻。"言其丰年祥瑞也。

战国豥豚瓦当，世所罕见，出土于陕西宝鸡。藏西安秦砖汉瓦博物馆，己亥拓以贺岁。

许石林跋于己亥初

廉政公园记

岁在己亥春，南山区监察委办公楼新葺，于门前隙地，芟杂剪芜，截弯取直，植芳草、栽青竹、设石步筑亭成园，供憩游。园成，嘱予作文以记之。

是园也，仅亩许，形若棋盘，廉隅明湛，无曲水深沼菡萏荇萍之美，无怪石乱叠状岚比云之奇，无病梅虬松之姿，无暗柳明花之曲，无廊榭楼台之丽，唯芳草数畦、修竹数千、石步数方、碑亭一座而已矣。

概园之美也，广如上林艮岳之宏，狭似可芥之细，向以曲圆幽弯为尚，而方正直捷不取焉，何以是园乃反其道，舍巧曲而独取简直耶？

夫利己无餍，性也，性之所使，苟取巧夺之由也。而大道之行，育众生焉。是故顺其私则迂曲无尽，害公侵他之事不绝。故为政以德，要在抑私而全公，矫曲而就直，此正心诚意以至于修齐治平也。世人尚圆，而古之《恶圆之士歌》曰："宁方为皂，不圆为卿；宁方为污辱，不圆为显荣。"是知使人心趋正，则君子之行必生乎廉隅；士之行己有耻，则四维必开张者也。

予思乎，风日佳时，游斯园也，籍卉而坐，仰观绿竹猗猗，高接流云，俯思物之不齐，而人之所贵重者志节也，士以不降志辱身为高，信矣。

此其为造园之用心也欤！

己亥春日许石林记

相隔两千多年，蒲城人两次给人类历史扳了道岔儿

—— 读《蒲城文献征录》

今天的人说，如果没有蒲城人杨虎城在临潼兵谏蒋介石，历史很可能是另外一种样子。其实，蒲城人在两千多年前就给历史扳过道岔儿。

楚汉相争，刘邦之所以能彻底消灭项羽，原因当然是刘邦会用人，而项羽却吝于封赏。会用人则得人，得人者得天下；而吝啬的英雄，个人尽管很优秀、很杰出，但是，孤芳自赏，小气拘束，工作中只会批评人，不会鼓励表扬人，更不舍得封赏，这其实是自私，自私者不得人，不得人则不得天下。

刘邦如何会用人？

无论《史记》《汉书》，写刘邦如何成就大汉天下，就不能不写灌婴，汉史皆有灌婴传记。

而写灌婴，必然主要写他为汉王刘邦统帅骑兵，

最终成为项羽的终结者，凭功劳位极人臣，令家族显赫无比。

但是，写灌婴，必然绕不过去两个蒲城（秦汉称重泉）人：李必、骆甲。这两个人，用今天的话说，就是当时掌握了尖端军事技术的人。他们最初是秦军中骑兵校尉，后归降汉王刘邦。

当时，刘邦被项羽的骑兵打得连连西逃，军中有人不看好他，纷纷造反叛变了，情况非常危急，刘邦可以说遇到了严峻的考验。

汉军驻扎荥阳，项羽率骑兵进攻，汉王仓促在军中挑选人才，看谁能够担任骑兵将领，大家纷纷推荐已经归降汉军的秦军骑士重泉人李必、骆甲，他们两人非常熟悉骑兵作战，已经被任命为汉军校尉。

汉王刘邦用人不疑，准备任命他们为骑将。可是，任命将下，李必、骆甲二人却诚恳地对汉王说："我们原来是秦朝的子民，您任命我们当骑将，依人之常情，恐怕汉军中的士兵们会觉得我们不可靠，所以请汉王您委派一名常在您身边而又善于骑射的人为骑将，我们当他的助理。"当时汉王就任命年龄不大的灌婴为骑将，任命李必、骆甲为骑兵左右校尉。

就这样，灌婴在李必、骆甲的帮助下，率领刚刚重新组建训练的汉骑兵，在荥阳以东把楚军打败，并在垓下终结了项羽。

现代商业管理和职场培训时，很多人都引用李必、骆甲的故事，认为他们不仅有谦德，更值得人学习的是有智慧，在眼看到手的利益面前，能保持头脑清醒，顾全大局，成就集体的事业和个人的功绩。

此事，作为《蒲城文献征录》之"献征录卷"第一篇，原文如下——

李必、骆甲楚汉在荥阳，楚骑来众，汉王乃择军中可为骑将者，皆推故秦骑士重泉人李必、骆甲，习骑兵，今为校尉，可为骑将。汉王欲拜之，必、甲曰："臣故秦民，恐军不信臣。臣愿得大王左右善骑者傅之。"灌婴虽少，然数力战。汉王乃拜婴为中大夫，令李必、骆甲为左右校尉，将郎中骑兵击楚骑于荥东，大破之。（注：《汉书·灌婴传》。按：李必后封戚侯，《功臣表》作季必。）

惊不惊喜？意不意外？

李必、骆甲相当于当时的"两弹一星元勋"！

没有他们，最终胜出的是项羽还是刘邦，都说不定。

灌婴的骑兵终结了项羽，历史是这样的。

如果没有李必、骆甲的辅助，历史很可能是那样的。

李必、骆甲对建立大汉朝立下的功劳，两汉刘邦子孙年年不忘，及至公元 159 年即汉桓帝延熹二年，东汉朝廷还追录李必的后代李遂为晋阳关内侯。

温馨提示——

对文言文阅读略感吃力的朋友问：《蒲城文献征录》有哪些有意思的内容？

答：不要怕慢，不要图快，不要贪多。我经常说：读书，要警惕快、多。要有意慢，慢慢地读进去，只要能持之以恒，每两天读一篇，或者每周读一篇，读完它，你会变成另外一个人。一个让现在的你自己欣赏、赞美、羡慕和仰望的人。

2019 年 11 月 2 日

口号与诗文

因老家陕西遭遇疫情而被滞留在广东的朋友杜威山来电，想捐赠一些防疫物资给老家蒲城，让我写个文案，以两人的名义捐赠，于是勉为之曰——

遥寄一心，游子春来折杨柳；

纷飞六出，故乡人到问梅花。

正岁末嘉平，雪兆丰时；故乡偶逢兹疫，南北驰情，能不星夜。敢竭微诚，用助防疫。父老乡党，衣披同暖；天涯游子，魂梦牵心。

深圳市文学艺术界联合会 许石林
陕西迪威建设科技装备有限公司 杜威山
辛丑冬月廿七于岭南

给捐赠物资附加文字，应该是中华旧礼俗，自疫情以来，被日本人重新拾起，遂大行之。

日本人赠送中国防疫物资，引用中国古人诗文，刺激了许多中国人。

有朋友问：国人不只会喊"加油""不哭"，疫情如战场，加油的口号类似战场"与阵地共存亡"这样的口号，更显直接，明快！

固然！

许多人也提出了这个问题。有的人对我赞赏日本方面传来的诗句的态度很不以为然，认为我罔顾国人口号的实用，太注重日本人的文雅。凡是提出这种质问和不屑的人，我相信他们都有质朴的正义之心，为人必坦荡磊落。但是，文雅跟这些没有太大关系，文雅有文雅的来路，也不跟你的质朴正义与坦荡磊落矛盾。

口号与诗文，用在此时，不是你死我活的事，从文雅的角度说，这是类似尊贤而矜不能的事 —— 孔子之弟子子夏与子张各自关于交朋友的观点不同，吾乡陕西华阴清代大儒王弘撰先生的说法最为切当：在朝，从子夏之言："可者与之，其不可者拒之。"在乡，从子张之言："尊贤而容众，嘉善而矜不能。"

日本人抄中国古人诗文，当然比口号文雅，这是贤；咱们的口号标语，虽有用，但并不雅，即"质胜文"，野鄙而已，但此时权宜之计，当容其实用之效，而矜其不雅之病。不能以我之实用有效，掩他之雅驯含蓄，如同唯我独存，我穷我光荣，以我之粗鄙实用排斥抗拒他人之文雅，以我之不善讥他人之善，此其孟子所谓无是非、无羞恶之心也欤？

还有俗称"大明白"的一类人，反复提醒我：日本那些古诗文都是华人想出来的，这算什么聪明！谁想出来的没有用，谁用才是最重要的。再说，只要不是你想出来的，你就该惭愧。

北宋僧人文莹在湖北荆州的金銮寺写了一本书《湘山野录》，其中有记——

杨异，字叔贤，眉州人。言顷有太守初视事，大排乐。乐人口号云："为报吏民须庆贺，灾星移去福星来。"

守大喜："口号谁撰？"

优人答："本州自来旧例，止此一首。"

译文——

杨异记得老家眉州的事：新太守上任，衙门安排欢迎仪式，乐队奏乐前，齐声喊了一句口号：为报吏民须庆贺，灾星移去福星来。

太守大喜，问：这口号是谁写的？

乐队答：这里只有这一句口号，每个新太守上任我们都这么喊。

2020 年 2 月 15 日

多少楼台烟雨中

——赖香根诗集《链接》序

赖香根兄的诗将结集出版，承蒙抬爱，嘱我为序，敢不从命。

诗是一个诗人掩饰不住的生命之味，花放果实，芳香自来。哲学家金岳霖先生说过一句话："我喜欢夹杂在别的东西里的甜。"这句话如果换算成对诗的理解，是否可以这样说：我喜欢一个生命丰沛的人自然流露出的诗意？

香根的诗，就让我想起这样的比喻。

他写诗，平实中时见尖新；初读似平常，回味却愈感其深远。一如其为人。

香根兄和我大学同宿舍，走上社会又同在一个城市，彼此属于非常密切的同学兼挚友。多年来，我庆幸有他的存在，使我能够遇到无论任何事情，都能有一位推心置腹、密切交谈并获得启迪和指引的友人。

作为一个典型的西北人，我对岭南风物及岭南人、岭南文化的认识、接受和亲近，香根兄在其中发挥了非常重要的作用。我经常称赞的岭南人务实不妄的这种集体的地域性格，不仅是香根兄身上具备的，而且也是他春风化雨地一直以来对我解读和启发让我体会到的。

香根兄的务实不妄，一般人很难做到。资质聪明者，如身怀利刃，难免"杀"心自起，难以保守本分，看人看己很容易走偏；天性朴鲁者，又难以企及香根的那种内心明澈的通达与灵敏。

我们常常小聚，不免议论天下大事与身边琐碎，香根的那种平淡的表达，词约而义丰，总让人有拨云见日之感。常常听他一席话，再看媒体上那些"口力劳动者"五官移位、激词滔滔、煞有介事的表演，就觉得既多余又可笑，完全是迎合妄人妄心的废话和表演。至于生活琐碎，许多现象，都在我们彼此会心一笑中，不用诉诸言语即可彼此明白。

香根的慎独功夫和自律能力，最为我佩服。他自学法律、自修中外美术史，在我看来，如笼中提鸡，均已达到两个领域顶级水平，与两个行业的专家交流，他虽刻意不显露自己，但依然会让对方肃然起敬。非慎独与自律者绝无此恒心意志，非聪明敏慧之资不能得其妙谛。

浮生劬劳无怨无尤，守本不妄自知自觉，其人能随时获得生活的甜美滋味与生命的欢喜，动于中而发于外，发而中节，便是诗。读其诗乃思其人，香根的诗，在我读起来有亲切而特殊的感受。

看这本诗集，联系到香根其人，我想起前人两句诗："人间正道沧桑里，多少楼台烟雨中。"

写至此，我再看这些诗，香根和他的诗一样，正如雾中楼台，让人难以道尽其旨意了。

谨奉数语如上，求教于香根兄及诸师友同学。

2020 年 4 月 19 日

关学前辈不屑于文字

——《关中丧葬风俗礼仪实录》序

有人曾问我：贵省陕西文化历史丰厚，承蒙关学诸贤泽被千年，向称文化大省，却为何查古代文学史，出自关学前贤之文章诗词名篇不算多、科举时代状元总数也不多？

我冒失回复：关学诸前贤，其质直，不屑于标榜文章以雕虫小技事人，故无意经营篇章、无心谋划词句，耻于摇曳才情，但求直抒胸臆而已，无暇调遣修饰以求容悦。正如明朝松江人何良骏所言：我朝文章，首推康（海）李（梦阳）二公，其文章纯以秉西北雄峻之气，冠绝天下。盖言其不屑经营也。

古人有云：读书人但能行圣人一言，则无愧其名。愚鲁如某，仰观关学前贤，思其行迹，似可一言以蔽之："学而时习之。"关学前贤，其所学所为，但求穷纠理义而付诸实践，以我所学，化我乡党，不着意妄求名声。顾炎武称之曰："民务稼穑，士耻奔竞。"

"学而时习之"确为陕西历代读书人所秉持之自觉，"儒者在本朝则美政，在下位则美俗"。譬如宋之蓝田诸吕，于本家族丧祭之事，躬行古礼。人初讥其迂阔，而诸君子不愠，恒持之，终使成风，渐行之乡，播化于外，三礼所教，自此化为雨露，滋润三秦。虽历经丧乱，屡遭陵夷，而西北风俗淳厚，保养人心，使圣道不泯，吕氏之泽广且厚矣。又历数百年，世异时移，李二曲先生继往圣之绝，修订礼仪，承续孔孟之德，惠人至今。

圣贤曰："入境，观其风俗。""世之治乱，本乎人情风俗。"盖维系人心，教化天下，必以礼仪。礼仪付诸日用伦常，如盐入水，化成风俗，故风俗礼仪之功，可谓大矣！"先王以是经夫妇，成孝敬，厚人伦，美教化，移风俗。"

"礼失而求诸野"，自西风东渐以来，人心急功近利，异说纷起，伪学猖狂，中华文化遭受前所未有之陵夷毁灭，而迄今能扛持以抵御侵害者，端赖前贤名山事业之余晖及仍然活在民间社会之风俗礼仪。因此，那些现实生活中孜孜矻矻执礼演俗，又能徇情随时的民间礼仪执行者，我称之为礼仪先生。他们明理秉道，持经知权，在人心荒疏、藐视道义、怠慢礼仪的时代，尤其让人尊敬。

咸阳杜三卫先生，数十年坚持以古圣先贤之道，为人操持丧祭之事，其坚定不苟又能圆融变通，非深谙古人之义又练达人情者不能为。

圣人于丧祭之事，神理设教，用心深幽且妙远，付诸风俗礼仪，以期民德归厚。《资治通鉴》有云："教化，国家之急务也，而俗吏慢之；风俗，天下之大事也，而庸君忽之。"当今时代，如平坟毁棺之事，此伏彼起；毁灭禁止民间礼仪乐队之事，时有耳闻。时风所致，上下常以财货衡人，为富不仁者非止不好礼，反以寂灭虚幻之说粉饰其粗鄙，败坏风俗，瓦解人心。因此，我常感慨如杜三卫先生者：从前之礼仪先生，一呼而百应，如耕熟田，驱使牛马，不待扬鞭，自会循迹而行，故片言只语，謦欬之间，解纷答疑而已；今之礼仪先生，所忙皆棘手、所见尽无礼，所援俱非人，如辟荒开路，口焦舌燥，尚不能阻止悖礼坏俗之人于万一，振臂奋袂，难动愚顽奸佞之志。

"不容何病，不容然后见君子。"因此，越是在风俗礼仪日益颓坏，人心日益放纵轻慢之时代，如杜三卫这样的礼仪先生，才越显得可敬。

"为政必先究风俗""观风俗，知得失"。前人有云：反思中华数千年历史，外来宗教、文化之所以难以入侵僭名闯位我中华文化者，必使其化为我中一分子，方可为我所用。使我华夏文明保持相对安全者，皆因文言诗词如铜墙铁壁之功，使外来粗鄙之语，不能化为文雅而达乎士大夫之心口。其说固是也。

然而，愚谓此仅言其一端而已。士大夫在上以文雅抵挡，其功莫大焉；而民间社会以风俗礼仪拒斥，其功亦大——盖其日用之间，风俗礼仪，贯穿人伦，不苟之坚，从宜之变，吐纳自如，择优而化，往来呼应，自成体统。今之时代，士夫既泯，书话同文，言不以鄙俚为下，文反以粗俗为尚。故先云铜墙铁壁之固，杳然而灭；今之脱口吐槽之污，蔚然成风。人心荒疏骄吝，是非颠倒，书理不明，行事不清，风俗礼仪之败坏，有识之士，忧心忡忡；下卑鲁钝之人，得意洋洋。

杜三卫先生乃以平生所亲历执行之事，考诸文献、采诸史实、咨诸故老，写成《关中丧葬风俗礼仪实录》一书，我视之与宋之蓝田诸吕、清之二曲先生异代而同功。

既云实录，可见其务本之心，不标榜自我，不自命创造，此述而不作之风，上承孔孟关学前贤，下启有志识之后来。反观今之养尊处优，居崇享厚以学问矜炫者，多不能为。此尤为令人敬佩者也。

先生命我为序，恳切之嘱，不敢违抗，勉为数言如右，求教于大方。

2021 年 7 月 9 日于深圳

造意无法　良苗怀新——作家许石林书中华历代经典读书箴言展览

——自序：抄书之余而已

费孝通先生说，城市人嘲笑农村人土气，是的，农村人的确土，却不愚。

什么是愚？我理解为时时处处企图走捷径者，即为愚。比如读书，就是世上永远没有捷径的事，就是一件很土的事。

我读书，所幸自来有两个爱好：一是喜欢读辞书，捧着一本字典、词典，津津有味能在火车上从广州读到北京。我读有注解的经史子集，也往往是先读注解，然后读原文，喜欢那种将字词掌握之后的阅读畅快感。二是喜欢抄书，曾经羡慕诗人，一个学期抄诗十四本。

这就是用最笨、最土的办法。

清代人阮葵生有一则笔记——

历城叶奕绳尝言强记之法云："某性甚钝，每读一书，遇意所喜好，即札录之，录讫，乃朗诵十余遍，粘之壁间。每日必十余段，少亦六七段，掩卷即就壁间观所粘录，日三五次为常，务期精熟，一字不遗。粘壁既满，乃取第一日所粘者收笥中，亦再读有所录，补粘其处，随收随补，岁无旷日。一年之内，约得三千段；数年之后，腹笥渐富。每见务为泛览者，略得影响而止，稍经时日，便成枵腹，不如余之约而实得也。"叶有文采，善剧曲，济南人推为渊洽，其所言真困学要诀。予苦读书不能记，当时所闻此法而不能用，年既衰暮，回忆旧所批览，已无只字。下笔窘索，徒有怅恨。见少年有志者辄述此语之，不惟自悔，亦冀此法不没人间也。

阮葵生所赞赏的这种读书法，就是笨办法，即土办法，可说是世上唯一朴实有效的办法。我用的就是这种方法。

每读书必做笔记，反复抄写、圈画、批注，不求快、不贪多。记得三十年前，一套现代文学史上名家散文丛书四本，被我圈点、勾画、批注一遍，记忆中只有汪曾祺先生的文字没有被增删编辑过，这种过程对一个人来说非常有用，自问至今受益于此。

动手习惯了，慢慢地用上毛笔，用仅仅小时候一个学期学写大字的基础，结合读碑帖的感悟和领会，勉强用毛笔写，写着写着就有了感觉，就上瘾，也慢慢就有意识地揣摩前辈名家书翰的笔意。以至于后来将自己喜欢的古诗文名篇，逐个全部换成历代名家的书法版本，愚以为如此则能在读书的同时领会书法之美，以期对自己写字有所裨益。

对写毛笔字，我有一种奇怪的痴迷，在媒体工作时，改稿、签版用毛笔，以为这样才仿佛与新闻前辈接上了脉气；在单位签文件，也用毛笔，好在是文化单位，大家也不觉得异样。新书发布，越来越多的读者要求"豪华签"，即要求用毛笔在新书扉页写一副对联或者一句话，再签名。我基本上来者不拒，每一个都认真对待，绝不敷衍。我给光明区图书馆捐赠了不少图书，最初的一批，每一本上都认真地用毛笔写评注，光明区图书馆为此还专门做过一个小型的展览。我这样写，一是喜欢在各种非毛笔字正式书写纸上写毛笔字，二是希望在所捐赠的图书上亲自为读者继续服务。

这些无疑都帮助我无意中提高了用毛笔写字的能力。

在 2021 年的深圳读书月期间，光明区图书馆决定将我平时抄写并积攒下的有关古人读书修养箴言约一百则，在图书馆做一个半嵌入式的展览。想到自己所推崇的古人关于读书修养的箴言名句，能让更多的读者看到并影响他们，是一件好事。

就像展出孙犁先生的《书衣文录》一样，这个展览，也不过是抄书之余而已。

对于以自己的毛笔字做展览，我是没有压力的，写的时候就没有压力。我从不习惯性说自己写的文字是文章，只习惯说是东西或者稿子，这是内心坚定的认知。同样，我绝对不敢说自己写的毛笔字是书法。

当然，我内心也追求书法之法，非常尊重法、推崇法、敬畏法，非常希望自己写得像书法，但因为没有系统严格地学法、用法，所以，我的字，必然会时时犯法，而且一时半会还改正不了，须假以时日，我努力做一个知法守法的读书人。

苏东坡云：造意无法。陶渊明有诗：良苗怀新。请读者在观看箴言的时候，得其意而忘其形即可。

2021 年 10 月 29 日

到处逢人说故乡

——屈小平《杜甫与蒲城》序

近些年流行一句话，很煽情："每个人的故乡都在沦陷。"此言一出，应和纷纷，仿佛戳中要害，唏嘘不已之声，响彻神州。

而固执如我，一直不明白：故乡因何而沦陷？故乡沦陷在什么地方了？既知故乡沦陷，你在干什么？你为什么眼睁睁看着故乡沦陷？等等。

出于对这句煽情话的不理解或者可以说抵抗，我写了一本书——《每个人的故乡都是宇宙中心》，将我写有关故乡的物产气候、风俗礼仪、人情故事、词气情态等文字，收入其中。

自然，我的这句话，不抵人家那一句更能吸引人。

这很自然，世事从来如此——"过江诸人，每至美日，辄相邀新亭，借卉饮宴。周侯中坐而叹曰：'风景不殊，正自有山河之异。'皆相视流泪。"新亭对泣，泪和者众；奋袂振作，响应者寡。之所以泪和者众，其实众人原本就是想凑在一起哭一下而已，用哭泣将前情做个一步三回头式的、此恨绵无绝期式的了结，并非真正留恋、舍不得前情。显然，南渡晋臣，内心已无意收复沦陷于蛮夷铁蹄之下的故乡，仅仅是释怀而已，就是说，在大势面前认尿，但要认得有说法、有诗意、有板有眼，看上去很美。而像王导那样奋袂振作，大声说："当共戮力王室，克复神州，何至作楚囚相对！"就显得太书生意气、太迂远不知通融了。

而这个故事，如果只有"相视流泪"，则必不传于史籍。正因为有王导的迂远、书生气，才有载于史册、传于后世的价值和意义。

明朝人王问有一首诗《赠吴之山》："城柝声悲夜未央，江云初散水风凉。看君已是无家客，犹自逢人说故乡。"新亭已泯，千载之下，吴之山也是一个对故乡割舍不下的痴愚之人，即使故乡已沦陷，"看君已是无家客"，但"犹自逢人说故乡"。

可见，尽管世事更迭，每个人的故乡的确都在沦陷，但每个时代、每个故乡都少不了这种迂远、痴愚之人。一代代传递并接力着一种点燃于远古、以情义的心血为油脂的火把，历经风雨飘摇，饱经坎坷摧折，明灭无定之间，照亮故乡深邃的历史和辽远的前路。

那些有余力而学文，以文而发明往史故实的人，试图用自己一口胸中的热气，吹净蒙蔽在故乡身上庸碌的世俗尘垢，将故乡之所以合天地之德、顺四时之序、生生不息之道、绵绵不绝之由，清晰地呈现于世人面前，以期告慰前贤，启迪来者。

前代读书人，举业科第，进则在朝辅弼国政，退而返则宣教化于乡里，或整理国故、以资征采，多存留轶闻，涵养介德。是以兵火屡侵屡毁，而皇皇文献不绝于南山之藏，盖由此也。

至神州陆沉，士林零落，道丧文敝，而犹能勠力于故乡文明薪火之传递，克服艰难劳苦，为人所不能为之事者，尤为令人感佩。那些身在世俗数十年，其元气依然充沛，历经世事消磨，却看不出明显消损，反而其志愈坚、其心愈笃者，此其所谓一方文化托命之人也。

有感于此，阅读蒲城屈小平先生《杜甫与蒲城》一书后，掩卷神驰，太息之余，不仅北望故乡，频致钦敬。

我对诗人杜甫，决不能说有全面的了解，更说不上研究，也不能简单说内心的喜爱似胜过对李白，倒可以说天壤之间，更愿意多亲近杜甫的心性。当然，这也不是我能够对屈先生的著作在敬佩之余能道其一二的。

我仅仅想说，屈小平兄用另外一种更全面、更翔实确凿的方式，让人们更清晰地了解了伟大的诗人杜甫与我的故乡陕西蒲城的关系，将那两句人人皆知的诗句"朱门酒肉臭，路有冻死骨"和一块至今仍矗立在蒲城县博物馆的"杜甫寓里"的古老石碑，有机地融合在生动的故事和考据当中。

屈小平先生是否已经道尽其微旨妙意，我无力考索。但是，却可以说，他用这种方式，将我们共同的故乡的历史，那块曾经被伟大诗人光顾过、也曾接纳过伟大诗人的土地，即我们共同的内心的宇宙中心，说给自己、说给当下、说给未来，尽管哪怕每个人的故乡都在沦陷，我们愿意用各自不同的方式，痴愚迂阔地到处"犹自逢人说故乡"。

2021 年 12 月 26 日于深圳

好好过日子、顺其自然地写作

——写在张艳容《一孔》脱稿之际

张艳容是我的学生，她是第一个正式拜过我的人。

但几年过去，我仅仅辅导她写过一篇文章，其他的就是聊天，交流日常生活的人情世故。我平时喜欢评论文章，但却不愿意具体辅导别人写东西，也不愿意给别人修改文字，古人说："诱人子弟入博饮之途，当受下刑；诱人子弟入诗文邪途，当受上刑。"说的无非是在这方面要谨慎，不要随便指导别人写东西。摇曳文采是前人很谨慎的事，因为能说会写不一定是好事。

我对收徒这种事，对别人欣赏，自己则谨慎。我婉拒过许多人的拜师请求，有的甚至和我年龄差不多。为什么？因为我担心后面相处不容易。师徒有师徒之道，一旦确立，至死不移才行。加上我是个对学生子弟要求严厉且负责的人，非常操心，管得宽，跟得紧。而今天的世俗风气，一般人一时兴起拜师，后面相处，多难免彼此轻慢，违背师徒之道，我尚有自知之明，生怕别人见异思迁，遇到个比我高明的人，把我轻易抛弃，那种尴尬能让人愧不欲生。

但是我接受艳容就没有这种担忧。彼此朋友，相处淡如水。我常常想起艳容，就想起"可以托六尺之孤，可以寄百里之命"这句话，她虽然是个女子，但是可以称得上是女中君子。她大气从容、善良宽和，与周围人的关系处得特别好，上上下下都喜欢她。她对上不谄媚，对下不虚伪，不是故意八面玲珑，而是自然而然表现出来的，这常常令我敬佩。这正是教学相长。

她这个人性格纯真，现实生活也过得很幸福，她喜欢写作、唱歌、主持、表演，做任何事都很得体。她在《一孔》中呈现出来的也是自然不造作、清欢式的写作，就像她自己说的，不硬写。她的写作不用力，不会像常见文章一般用力过猛。之所以说艳容的文章好，是因为她的文字里没有那么多的怨气。"为赋新词强说愁"，一般人爱上写作，总是追求深刻，恨不能剜心摘肺、写痛苦以为崇高云云。艳容也不是有意躲避这种深刻和崇高，她对自己的写作不预设多么高的业绩期望。

艳容也在文学圈子里，但她的人缘非常好。文学人有个习性，即俗话说的"文人相轻"，我倒不认为这是个弊病，作家这种职业本身就应该具有争相向上的内在力量，只要你是善意的，有见贤思齐、乐成人之美的胸怀就好。艳容在文学圈子里我不敢说不受人嫉妒，但她在我看来却从不嫉妒他人，对任何人的优点和成就，她都是及时报以善意的反应，犹如自己的成就一样乐于欢喜并推荐。我从来没有见她对人对事有丝毫抱怨，更不会诋毁别人。即使有时候听别人说的话、评论的人失之偏颇，她也会从另外一个角度非常得体地体谅别人，自自然然地得乎中庸。我从她身上得出一个启示：一个人拥有了内心真正的善良，就拥有了一切。

因此我说，艳容的写作，是"无害式写作"。什么是"无害式写作"？就是不因为写作刻薄自己；也不为了写作刻薄他人。许多作者，为了写作，牺牲了太多现实世俗的生活，对自己太狠，常常不放自己一马，这就是舍本逐末。如此写出来的作品，我看就是"有害"的东西，得不偿失。

艳容的文字积极向上、阳光热情、清新淡薄。她的文字描写的是生活里的一些身边人和事，以及她本人的感悟、体会，读起来让人轻松自在。

我要对她说的是，不要因为出版了这本书、开了作品分享会，就上瘾，就急着去写下一本书，你就是要保持现在这样，好好享受生活。从生活里面去汲取、去感悟。好好过你的日子，清欢式地、顺其自然地写作。

2022 年 6 月 13 日根据在《一孔》发布会上的发言整理

贴钱出版家乡蒲城地方文献
作家许石林为古籍文献"延年益寿"

—— 答《华商报》记者

抢救濒危古籍文献 还原地方文化的土壤

海天出版社出版的《蒲城文献征录》，为《蒲城文献征录》《蒲城文献续录》《蒲城诗征略》《蒲城诗征略续录》及《周太史偶吟诗集》合集，是蒲城县非官方编印的人文与地情资料，与蒲城旧志相映生辉。许石林介绍，2019 年的出版是抢救性整理出版。

记者：为什么说出版这本书是"抢救性"整理呢？

许石林：《蒲城文献征录》原版是清代周爰诹编撰的，后来刻印于1924年，其中记载蒲城历代名人，收录蒲城历代名文、碑志、诗歌。可以说，蒲城数千年文明荟萃于此。过去古人印书，只印几十本，最多百十本，印出来之后逐渐散入社会。《蒲城文献征录》刻印的那个时代，白话文和新式教育兴起，这样一本古文文献合集在当时的影响不是特别大，加上时局动荡，所以存世很少，到现在没有一本完整的。进行整理、校注的赵可老先生到处找，终于找齐所有内容，这次重新出版的是全本。古籍重新整理出版，可以让它"延年益寿"，以一种新介质，全貌地保存在世上。

记者：这部《蒲城文献征录》的内容有什么样的价值？

许石林：《蒲城文献征录》是关学文献的重要组成部分，可以看到关中前辈"道德文章"四个字在历史的长河中有多么灿烂。这些文献里有太多非常好的文章，首先它出经入史，是非常好的古文，每一篇都可以作为古文学习的范本。书中的文字非常美，有我们陕西人的那种劲头，自古以来，陕西人的文字普遍具有汉代文字的特征，用一个字概括就是：坚。即古人说的精核。现代人写文章，累赘、绵弱、冗长，就要用这种精核的文字去矫正。

记者：这部书中你印象深刻的、弥足珍贵的文献是什么？记述了怎样的历史？

许石林：其中的《蒲城文献征录》，记录了很多史实。比如蒲城人李必、骆甲为刘邦训练骑兵，他们具有很高的军事技能，但是又非常有谦德和智慧，诸将一致推举他们担任将领，但是他俩不干，说他们都是故秦国之人，恐怕兵士不信任。虽然没有位列高官，但他们还是在刘邦战胜项羽的过程中起了决定性作用。这部书也体现了地域变迁，书中的蒲城最晚截至清代末期的地域概念，跟现代的行政划分不一样，现在的白水、澄城、富县的一部分过去属于蒲城，所以它涉及的地域范围更广。

记者：你在重新出版这部书的过程中，与古籍的原编撰者周爰诹有没有"神交"？

许石林：在重新编撰这部书以前对周爰诹不了解，但是这部书中的文章是他甄选的，所以当我读到好文章的时候，动心了，就觉得当时的编者的心跳和我是同频共振的。这还真的是一种"神交"。

记者：你认为《蒲城文献征录》的出版，对阅读它的人有什么样的助益？

许石林：我写过一篇评论，说现在的教育是"无土栽培"，就是缺乏本土文化教育，本土的历史文化知之甚少。人性总是贵远贱近，总觉得美丽和魅力都在远方。比如读《蒲城文献征录》，通过这本书进入历史和文化，更有某种先天的地域优势。书中记录蒲城现在几乎所有姓氏的杰出先祖们的德行、事功和文章、言语，现在的蒲城人读了必定会怦然心动，立即使自己与历史上的杰出先贤产生了直接的关系，近在咫尺似的，这种感觉是读其他书能带来的吗？

从写序到贴钱出版故乡文献

《蒲城文献征录》这本书的价值不言而喻，但是出版的过程中遇到资金难题。在深圳生活多年的许石林，身上陕西人的那种豪侠仗义一点没变，实在看不过家乡文献经典延宕出版，二话不说拿出自己的积蓄，并且把书出得很漂亮。

记者：听说你用自己的稿酬、版税支持了这部有关家乡的古籍文献出版，为什么投入这么多？当时是什么情况？

许石林：我跟人开玩笑说，我一拿到这本书先是大笑不止，因为想起了一个段子："炒股炒成股东、炒房炒成房东"。事情是这样的：我的老乡王少峰先生介绍我认识整理、校注这本书的赵可老先生，让我给这本书的抢救、校注、出版等工作当顾问，后来又让我给这本书的重新出版写一篇序言。可是，由于种种原因，主要是出版资金的原因，老是出版不了。我这人急性子，看着这么好的一部书老是出版不了，感觉自己再不给力，就有点圣人批评的"见义不为无勇也"了。所以，就冒冒失失地自己扑上去帮助出版它。其实一开始还是把它想简单了，这个过程除了经费，也很耗费时间和精力。

记者：古代文化典籍印刷出来就已经很了不起，让它看起来漂亮更不容易，你为什么执着于此呢？

许石林：有一年，我送叶嘉莹先生去南京禄口机场。路上，叶先生给我说过一件事：她刚到台湾的时候，生活贫困，在一所技术学校教书，讲唐宋诗词，课堂上学生吵闹得很，几乎没有人听讲，但她还是非常认真地讲，她之所以这样，不是怕对不起学生，"因为我是讲李白杜甫啊，我怕对不起李白杜甫"。我也是类似的心理，要出书就尽可能出漂亮，我表达敬意的是这本书的编纂者周爱讷先生和在书里静静地等待给后人教导的历代蒲城先贤，如果出得太粗糙凑合了，对不起他们。

记者：你之前出版的书也有古代文献整理研究方面的，你如何看待地方古籍的保护工作？其中有怎样的艰难？

许石林：这的确有现实方面的问题，主要是大家对古代文献的重要性认知不同。往往学术研究人员认为非常有历史价值和文学价值，但是出版社有市场方面的考虑。你说这本书多重要，嘴皮子磨破也不管用。干脆眼见为实，我来做给他们看，如果他们认为有意义，哪怕只有一篇能打动他们，也能为今后的古籍出版起一点作用。不过现在地方逐渐重视起了本地文化的挖掘整理。比如华阴有一套《乾隆华阴县志》，我就给相关部门说它有多么重要的意义，最好做线装版，我的建议被采纳了，这本书在扬州广陵书社出版，用古籍样式装帧，非常精致。地方文化的传播一定要有载体。

读古诗文能找到学习文化的密码

翻看许石林出版的作品，大多是踩着古人先贤的脚步，探寻中国传统文化，尤其近两年他参与了古代文献典籍的收集整理工作。在他看来，阅读经典能够做到"君子上达"，读古诗文能够找到学习文化的密码，非但不耽误读现代文，而且现代文自然就学好、写好了。

记者：我看你的文章和观点，感觉在文化上是典型的厚古薄今。

许石林：我不是"厚古薄今"，我是"厚好薄劣"。今天的人但凡有好文章，我一定加倍送上赞美。问题是，今人的文章超越古人的不多。我一直认为，全世界的所谓现代化，已经陷入了一个放纵人、迁就人、谄媚人以取宠邀誉的怪圈，或者说泥沼，这很危险。现代人面临的一切文化、精神的困扰和烦恼、危害，都应该从这方面去找原因。如果人没有了文化方面的上进心，就没有精神上升的追求。对文化评判的标准和高度也没有了。

记者：所以你认为文化不应该过于通俗？

许石林：通俗不是没有品格，通俗其实是很不容易做到的。古人说"浅处见才，方为高手"，通俗就是用浅去通，但通却需要才华才情才学，这是很不容易的。现在的问题是格调烂劣、粗鄙无文、言语之味，这不是通俗。要解决这些问题，就要从教育、读书着手。

记者：你认为读书要怎样进行选择？

许石林：国人读书，要多读经典。古文对一般人来说不好读、有难度——这就对了，如果没有难度，就没有牵引你向上的力量。你读进去了，不仅仅能走进知识、精神和美的深处、高处，而且能获得整个人的进步和提升。宋朝人说读书改变气质，可不是现代人读一本绘本、一篇网络小说就是读书。开卷有益的卷，应该特指有益于人身心进步的书，而不是看上去是本书就对人有益。

记者：听说你在深圳做"说文解字·中华经典古诗文公益课堂"，已经坚持6年了，能讲讲阅读古文经典与学习现代文之间的关系吗？

许石林：请大家扪心自问，我们现在能熟诵多少中华传统文化典籍？能背诵多少经典古诗文？恐怕有的人传统文化典籍没读多少，经典古诗文也背诵不出来，而反对、厌恶、践踏传统文化的词倒是装了一肚子。我们蒲城县志里收录了前人的一副对联，我非常喜欢："有血性人方能共事，无经史气不足论文。"读古诗文的好处是，能够让人找到学习文化的密码。读古诗文，非但不耽误读现代文，而且现代文自然就学好了，也能写好。现代人写东西，总先预设让水平较低的人都能看得懂，这就自然形成了一种向下的文化，所谓"小人下达"。而读古诗文，恰恰是希望让更渊博的人能欣赏自己。这样人就有了向上的追求，所谓"君子上达"。所以我们的宗旨是：学习传统文化，养成君子人格。

记者：接下来你还会做古籍文献出版相关的工作吗？

许石林：在筹备出版《蒲城文献征录》的过程中，我掌握了陕西渭南地区各市和区县的档案馆、图书馆许多现存的濒危珍稀古籍的信息，接下来看个人的时间和精力，想量力而行地整理出版。期望让古籍文献有益当下，更要让祖先的光亮照耀未来。

（记者 路洁）
原载于 2019 年 11 月 5 日《华商报》，有删节

游子春来折杨柳

没有礼尚往来的端午节，
什么粽子都没有灵魂

老家宗亲前日周末包粽子，头一天泡米、浸粽叶，第二天包，包得慢，忙了整整一天，晚上煮粽子到凌晨三点。三口锅煮，三百来个粽子，亲邻分享之外，郑重其事地专人送粽子给我家出嫁的女儿。送粽子，是关中端午礼俗。

虽然我只在家族群里看到照片，但心里也是很美的。

去年端午节，一早照例应该去市场买艾叶、菖蒲一束，悬诸门首。今年受疫情影响，去小巷亦须扫码，卖艾蒲的小贩也未必来了，于是作罢，贴一张艾于门口代之。

先在祖先牌位前供水果、粽子，上香。南方没有红枣糯米粽子，只有用灰粽子撒绵白糖代之。

没有祭祀礼敬的节日是没有意义的，甚至只有放纵逸乐的坏处。

许多人家不屑于繁文缛节，以为形式虚礼云云。

他们家的人品倒也敦厚，但是，这只是质美而已，无文之华，其质虽美而不得传继也。越是质美之人，越应追求文华，因为文以载道，其质赖文以衍续，况且，你能保证你这一代两代人质美，不能保证三代以后之质美，必须将载美之文节传下去，才能使后人有所追索、有所模拟。

还有一层意思：人做事应该为他人着想，一家不屑礼俗，必然影响别家，好逸恶劳、求便厌烦是人的天性，若人人不屑、家家轻慢，便没有文化了。

许多人认识不到文化的安全，其实任何礼节、技能的烦琐，都是文化安全的门槛。文化的安全，需要保守。

想起一篇旧文 ——

血缘所在，情感之所在也，故亲戚要常走动常往来，但无仪轨则不成，要靠礼仪维系和显示彼此之间的关系和感情。礼主诚敬，如果没有一定的仪式将诚敬之心格式化地体现，全凭情感主导，情感有深浅薄厚，如此就会让人无处抓挠，所以，礼仪兴焉。

在纯农业时代，春节至中秋，漫长的八个多月，亲戚之间需要一个节日使其制度化地往来，如不往来，不免会令关系疏远。中间虽有个清明节，但那是各自祭祖的日子，本家之外，亲戚之间一般不往来参与。

所以，端午节应运而生。

端午节前后，如黄河流域农村，娘家给已经出嫁的女儿家送粽子，也叫送端午。我的祖母是那年腊月末去世的，来年端午节前，我父亲特意叮嘱：今年他要亲自给几个姑姑家送粽子。这样，他亲自去一回，以后就可以让家里其他人去送，如此就将我祖母从前的叮嘱接过来了。年年如此，不间断。

一般人家买粽子送女儿家，讲究一点的，自己包。包粽子这个活儿需要练习，大小要合适，样子要匀称紧实，看上去俊俏，不能臃肿没样子。所以，非得要心灵手巧的人才行，否则包得不像样子，会被讥笑。礼云"毋不敬"，对粽子的要求，是对诚敬之心的要求。

粽子一般十个一串，用马莲草拴着一起煮。送亲戚，新出嫁的女儿家属新亲，娘家要送至少一百个，另外有油糕、鸡蛋等。有的婆家村子大，本家人多，会要求亲家多送，因为要散粽子，即给本家分新媳妇娘家的粽子，也给本村人散粽子。

一般来说，不能跟人家要礼，但这个粽子却可以要，而娘家得到对方多送粽子的要求，会很高兴，证明女儿家的本家多、家族兴旺，同时邻里关系好，即乡行好。乡行不好的人家，自己不好意思给人散，别人也不稀罕你散的粽子。前人设教，于日用伦常之中，春风化雨，教民厚俗，于此可见。

送粽子的同时，要送香包，造型如动物和花儿的香包里装满中草药，挂在儿童胸前以避病疫。新亲要送数十个香包，老亲戚则可不送。甘肃庆阳的香包非常有名，花样之多，令人叹为观止。房间里挂几个香包，淡淡的中草药味儿很长时间飘散在空气中，提醒人要注意卫生和防病。

"礼尚往来，往而不来，非礼也；来而不往，亦非礼也。"娘家给女儿家送端午，女儿则要在麦子收获前后，来两次娘家。端午节前，麦子将熟，女儿家来"看麦熟"，此时带的礼物轻一点：买两样点心，用陈年的麦子蒸几个小花馍即可。询问麦子成熟的情况，麦收时候要不要帮忙等。

娘家招待也随意一些。等到新麦收获完毕，女儿要用新麦蒸大花馍给娘家"看麦罢"，两家约好某一天即可，无固定的日子，因为是麦收大忙之后，因此也叫"看忙罢"，即忙完了，用新麦蒸的馍让娘家父母兄弟品尝一下。这时候，娘家招待女儿女婿要隆重，用新麦做各种吃食。还要带一些给女儿婆家的其他人品尝。

这当然也是考究娘家人手艺的时候，比如烙油饼，要一个像一个，不能软硬大小扁圆不匀称，口感还要好。回礼一般是两份，一份专门留给女婿家村里在半路或村口拦截的人，以游戏的方式分食。另一份则带给婆家长辈，由他们去分给其他人。有的地方如陕西长安、户县、周至等地，一般将亲戚约到同一天招待，称"过会"。

各个村约定成俗，将时间错开，各自过会，像潮州春节后各个村厝祭祖迎神那天的待客一样。过会的村子，家家设酒席，这样，那一段时间，天天都能看到路上有走亲戚的人，酒香、菜香总是飘浮在空气中。

十里乡俗不同，有的地方虽连畔种地，但端午节娘家不送粽子，送锅盔，即烧饼，也叫砣砣馍，大的犹如打麦场上用来运输麦秸的木叉车的轱辘，直径盈尺有余，所以俗称"秸叉轱辘"。

这种锅盔非常厚，面硬，吃的时候需要用刀切成一角一角的，越嚼越香。这也是考究手艺的吃食。老亲戚则不必送那么大的"秸叉轱辘"，但须有砣砣馍。无论是粽子、花馍，还是砣砣馍，都是将人的情感附加在食物上的，其中饱含着人的诚敬之心。

无论是送粽子还是送"秸叉轱辘"，都是完成一个礼仪上的往来。朋友之间，关系再亲密，也不送这些。这仅限于血缘亲属之间的往来 —— 我父亲曾经说：亲戚之间，过年过节相互送不同花样的花馍，是很有意义的。花馍是用什么做的？麦子嘛，这就叫一麦（脉）相承。

2014 年 5 月 27 日

你知道什么是财神？

正月初五，俗称破五儿。

民间习俗：送穷，接财神。

但是，首先要给祖先上香、磕头。

北方民俗，这一天也吃饺子。

今天不谈民俗。

人心贪婪，接财神必曰五路财神。

也不看看自己平时都干了些什么。好像财神一晚上瑟瑟发抖在路边等着他接呢，他一招呼就颠儿颠儿地跟他回去了，还没别家什么事儿。

你看中国古代有多位财神，想想：什么人才能成为财神？全是忠义仁勇、公正无私、光明磊落之人，死后被尊为神明，职掌财富。

不爱财不贪财的人，如公忠敢谏被剖腹挖心的比干、如挂印封金忠义千秋的关羽，只有这样的人，才配掌财。

你平时不尊崇这样的价值观，想凭着一句软媚甜谄之言，就能将这些财神爷接回家，才怪呢！

华山在华阴境内，华阴即东汉弘农郡"四知先生"杨震故里。

华阴人质直勤俭，从不自矜自炫自己居财神脚下，自古耕读为本，民务稼穑，士耻奔竞，所以，顾炎武先生西游至此，愕然称赏，以为上古之国，土厚俗美，遂定居于此。

华山人不以山神而炫惑妄取，更不以地域"挟持"神明以贪敛，故古代诸神分职，财归西岳，很有道理。

想起岳飞的孙子岳珂记录的一个寓言。某书生与富翁为邻，每羡慕富翁之乐，一日衣冠谒见，富翁说：你回去吧，三日后再来。三日后，书生厚礼复谒，富翁命待屏间，曰：大凡致富之道，当先去"五贼"。书生问何谓"五贼"，富翁曰："仁义礼智信。"书生闻言，"胡卢而退"。

看看，价值观不同，书生只好掩口嘿然而去。

想想吧：比干、关羽诸位财神具有的，无不是书生崇仰的价值观。他们会跟你去？

另外，发现一个好玩的现象：那些成天讥刺中国旧礼俗是迷信、保守，拼命反对给长辈跪拜贺年的人，却没忘记今天接财神，哈哈哈哈……这种势利祈祷，古人早告诉你了——"神不听"！

初五又叫破五，什么讲究？今天我不说。自己琢磨去。

昨天，高福生先生给我《他们一讽刺我迂，我就知道自己又做对了》一文留言说：礼云来学，未闻往教，你这样主动教人明血亲人伦，过年跪拜长辈，苦口婆心，还让人讥讽，本身就是坏礼。

高兄的话，让我想起梨园界一句口头禅：让兔崽子糊涂一辈子去！

苏州胡蛟明兄也心疼我：奈何言之者谆谆，听之者藐藐……

行，先不说了，有生而知之者，有学而知之者，有困而知之者，该知道的，一定会知道。

神明至察至公，对喜新求异，苛于人、求于神，贪得无厌却对自己无丝毫要求的当代势利者，绝不会关照，否则，那还是神吗？那不是糊涂虫吗？

再说，不信旧礼俗，却热衷接财神，这种选择性拜神，是为贿神渎神，狎猥不敬，必获神谴。

2018 年 2 月 20 日（正月初五）

走亲戚

无论如何我没想到，不走亲戚、声讨亲戚，成了今年网上尤其是视频号平台上的热门话题。

年俗，初二开始走亲戚，拜年。

看见几个春节回老家走亲戚的视频——

其一：

某视频拍作者自己的家乡，山区雪景，路上来来往往提着礼物拜年走亲戚的路人，画面和美动人，女声配音为河南方言："家乡啥都好，就是人心不好：嫌你穷，怕你富，见人说人话，见鬼说鬼话。"

这就是典型的怨天尤人。

不禁怒撑：你管好自己，就是和谐盛世。你想想自己为时代为家乡贡献了什么？要求那么多！

其二：

视频中，女婿携妻儿去丈人家拜年，客套话说完，无话，感到拘束，徘徊于庭院、户外，抽烟、看手机、盲目四顾、无聊地揪树叶、等吃饭。

这是我所见陕西关中女婿的统一模式。

有人说这种女婿不亲热。

错！这才是标准女婿，不是"狗皮袜子 —— 没反正"式的女婿。陕西人认为这种女婿才是端端正正的女婿。嬉皮笑脸，貌似亲和的女婿反被认为油滑。

女婿在丈人家感觉拘束、不自在，才是心中有敬意、知礼仪，心中守着自己是客人的本分。

其三：

某著名教授慷慨陈词，述说走亲戚的各种不适应。其指责数落亲戚们跟坊间愚夫愚妇没有区别，全是功利思维、利己价值的无限度绽放。

我想对这位教授说：你积了什么德了，你建了多大的功业，凭什么指望你的亲戚都是无条件让你舒服的圣人神明？你这哪儿是走亲戚啊？你要的分明是朝圣、拜庙、上坟啊！

越来越不明白为什么许多人不爱走亲戚。

不走亲戚，非常不吉：绝宗祀、断人伦，神鬼怒、天不佑。

走亲戚就是主动接受礼数约束，并且锻炼你在礼数拘约中的忍耐、应对、化解、处理问题的能力和自觉，逐渐融化成个人的圆融之性。

连动物都知道通过家族成员之间的打闹互动学习生存技能。

各种网络平台上，尽是嘲讽、嫌弃、恶搞走亲戚的视频，也不见有人管。

现在网络平台的管理非常严苛，但存在抓了芝麻，丢了西瓜式管理现象。大概管理者普遍才疏学浅，不明深理，不知书义，无力明辨，往往弃大伦而抱残碎，真是让人愤懑无语。

比如民间风俗礼仪，恰是民族文化安全的防火墙，一旦被遗弃毁灭，则吾民必尽为他文化所化！

风俗礼仪莫不有强制的成分，任何人不执行，今后必有麻烦。

平时执行礼仪，犹如没事时修河岸、筑堤坝、深淘滩、固围堰，为的是遇洪水时有所防备、疏导，不至于给人生某个阶段造成灾害。人生漫长，难免遇到人情世故的洪水，早有所防备为上。有的人，一生幸运，遇不到人情世故的洪水泛滥，就以为不用修造礼仪工程，轻薄发言，炫耀得意，影响他人，断人慧根，等于无形中用言语杀人。这是所见短浅卑近，你一生没遇到，那是你的命好以及侥幸，你的幸运，绝不是天下常态，你不修礼仪，不能成为天下通例常法。

那天我对某人言：咱们讲礼俗，你觉得没必要。是的，你为人淡薄淳善，许多规矩不用给你刻意讲，你的言语行为都自然合乎中节，契合礼仪。但你等于是野生灵芝芳草，品质好。可是像你这种品质，产量太少，对大家来说，需要大规模种植培育，所以，越是像你这种人，越应该有意传承弘扬风俗礼仪，传下去，为他人所用，为后世所用。否则，一念之差，用言语藐视礼仪，言语所及，危害尤大，可不慎也！《论语》："乡人傩，朝服立于阼阶。"圣人遇极儿戏之事，必存一分正经，用以持世。岂敢以极正经之事而概视为儿戏也哉？

还是那句话："子绝四：毋意、毋必、毋固、毋我。"简单说，即不要仅仅以自己的感受作为标准。凡事要合乎道理。而凡人难以明晓道理，故圣贤发明礼仪，进而演化成俗，此为人开方便之门，使庸俗不学之凡人，即便盲从，也能尽入轨辙，不致言语行为误犯礼仪，穷斯滥矣。真可谓用心良苦，而坚顽不化痴愚之人，逞强悖逆，以为自得，不唯害人，也为自己造孽，积祸酿患。

西方人信仰宗教，也同此理，凡事不以一己之言语标榜，而动辄神说、上帝说云云。这也是西人之"子绝四"。

2022 年 2 月 2 日

客胡儿

某兄在国外生活多年，早上发来信息聊天，谈到有没有遭遇种族歧视的话题。他说："我特别烦别人讲什么种族歧视。歧视我，我也觉得没问题。自己表现得是个人渣，别人厌恶人渣，这不叫歧视，叫正常反应。"

复某兄——

当今世界，种族、地域人群的性格习惯等都是敏感话题，敏感到简直不能从事研究了。像易君左写《闲话扬州》、胡朴安写风俗礼仪，现在写不出来那样的文字，因为一不留神就涉嫌地域歧视。

现在有的人浅薄简陋，不丰富，不细腻，理解问题简单，不如前人曲尽其情，自觉秉承忠恕之道。

比如，贵贱之说，俗话说人离乡贱，意思是十里不同俗，人到了远离本土本乡的陌生地方，要居卑处微，自觉以贱自居，即平常人说的自己把自己看贱些，示人以谦下，尽量顺从人家的习惯，不要固执，否则难以立足、合作和发展。所以中国人过去说谁是外地来的人，叫某某客，如陕西客、山东客、山西客等。这个"客"字是个符号，表示你非本地人，因此你的习惯等不全与本地契合。这中间自然也有一丝因为不习惯而来的类似今天说的歧视的意思——因为在过去，安土重迁，人不轻易外出。人各自以自己所在地为主，视外来者为客，相处来往有不协或相悖处，不免习惯地讥之蔑之，于是渐渐地，"客"又附加了一些意思，如陕西人称外地人为"客胡儿"，后简单地称"某某胡儿"。"胡儿"延续古代的内涵，意思是其文化落后，类似古人说的"不通王化"、沟通不了等。后来泛指与本地文化不相协的意思。但这些都在能接受范围内。称别人为"客胡儿"，视说话的环境和前提理解，可以是骂人，可以是略含鄙意，也可以是谅解对方，不能向其提更多要求，反而是友好之意。于己，自称"客"或"客胡儿"，就是纯粹的自谦了。

我祖母娘家在陕南商州，她常自称：我是商州客么。这就是自谦，意思是我做的有什么不周，你们要谅解。别人家小孩和我们吵架，骂我们，先是相互叫对方父母名字，即犯讳以辱其亲，骂着骂着，升级到叫彼此祖父母名字，最好是叫外号儿。而骂我们的升级版，就直接骂：你婆是商州客！或者直接说三个字：商州客。就算是很厉害地辱骂我们了。

关键是，"客""客胡儿"，大家说说、骂骂就算了，全在彼此能谅解和接受的范围内，事后根本不会记在心里，更不会衔恨伺机报复。不像今天有的人那么非黑即白，你稍微言语不慎，他就浅薄地认为你歧视他了。

所以说，从前的人，多受过圣人教化，内心丰富有容量，身体瘦弱而生命丰沛，不那么满腔杀机、面目可憎。所谓非厚德不可以载物，"忠恕之道"在前人已化为自觉。最突出的表现，简单说就是：不计较，不神经质地计较。

而现在有的人，恰恰是计较，神经质地计较。而且逼得本不愿计较的人，也不得不去计较。

历次大规模的折腾，把人的忠恕之道全搞没了，斗争来斗争去，慢慢地从思维到言语，把那些枝枝蔓蔓丰富的内心活动以简单粗暴切断，人一下子变得普遍简单浅薄了。传统文化的修养，如同器物上的多年包浆，被一下子用硝镪水清除了，器变得粗糙了，容易硌手甚至割手。

后来兴起的辩论赛，就是争斗的延续。你有忠恕之道的自觉，根本参加不了比赛，或者说赢不了辩论。我刚上大学，被发现能说会道，免试加入校辩论队。我内心很虚、很怵，原因不是怕比赛说话，而是对赢得辩论没有信心和把握，因为要与全队配合，把问题尽量简单化，尤其是绝对不能承认对方辩论队有一个字正确，必须设定对方全部是错的，这是个前提。否则，会自己打开缺口，引来对方进攻。这个我做不到。我很容易被任何人说服，对方说的有道理，我就服从他们。这下完了，等于会阵前投降啊！果如此，我方必视为叛变，对方也不领情，对方不认为你服理，只认为你戾了。这不要命吗？所以，我参加不了辩论赛，也不喜欢辩论赛。但喜欢演讲，一个人讲，我有信心。

我现在无论参加什么活动，和什么人互动对话都不怕。为什么？你说得对，我服从你就是了嘛。许多人在网上和我争执，认为我言语犀利、辞色凶狠，争强好胜。其实，我的争强好胜有个前提：求败——我最渴望你说服我，我还有收获呢。这就是老话说的：抬杠学玩意儿。

许多人与人争论，急于求胜，这种人心机太浅，必然没有能力明理，也就没有能力持理御气以说服别人，反而容易失败，受挫折了，反倒埋怨对方凶顽厉害。这种人，最不值得同情。

争论，服理即可，理从谁处出，就服谁。一定无怨无尤。

2020 年 4 月 7 日

这话父母可以说，儿女不可以说

——驳胡适"养儿不为防老说"

朋友来访、饮茶，诸友皆曰：兄具备成为网红的多项素质，可以做抖音短视频，必火。

我说：你们让我静静。我一定火不了，也不想火了。你们看我所言所写，全是违忤大众的"逆言"，公众号上每发一篇，固然增粉，必有取关。这样怎么会火？

胡适给儿子的信里说，我养育你，并非恩情，只是血缘使然的生物本能。所以，我既然无恩于你，你便无须报答于我。反而，我要感谢你，因为有你的参与，我的生命才更完整。

刷到这条抖音时，视频下面近 600 条评论，几乎全是赞同他的。

我截图了评论。

感想如下 ——

一、胡适这话的杀伤力太大！是典型的"以学问杀伤天下后世"。难怪许多前代圣贤不轻易发言，不立文字，就是怕文字的负面、流弊杀人误人。

二、胡适的草率于此又见。母亲去世，他匆匆自京返乡办丧事，办得潦草，简化删削了家乡彼时尚存的丧礼仪式，而家乡父老包括他的外婆都没有反对。这本是父老长辈的厚道，恕其远归而力有未足，谅其不周而从宜从简，又哀其年轻丧母，故不以礼俗不周责备孝子，胡适竟然认为他的临时简化倒成了上应天心、下合民意的壮举，沾沾自喜地写了一篇长长的我的丧葬观，迎合了反传统的浅薄激进之心，对传统丧祭文化以严重的摧毁。这是他的草率。

三、我不想说他浅薄，念及他许多行为言语的君子之风。但义责君子，言谏至人，不得不遗憾他的才华气质干扰了他的为人庄谨，许多言语一本正经地流于轻薄了。为父母者，动辄言于儿女，不劳汝等养云云，是百姓家的谦德。吾乡老人老病久矣，叹曰："唉！你看我不得死么！看把我娃拖累到啥时候去呀！"此老人感激之言也，正是人间温情，长辈以此表扬儿女。怎么能不深察其意而冷漠剥离语境，干枯拈出以为不养之证据？

四、父母劝儿女勿误婚育，常以生儿育女喻导之，又胁以老年，需人奉养，故曰生儿防老。实际上，当了父母的，一生辛苦贪占妄求，非但不需儿养，反而一人而欲为子孙万代致太平富荣。胡先生一本正经对儿子写信作如是说，大概是为儿子减压，不使其心中负累，不意作为名人，私信公之于众，便被狭小愚众奉为圭臬。这大概是胡先生所料不及的。所以说，圣人教导，父子不失于亲狎，君子言语行为，即便是遇极荒谬之事，亦须存一分正经以持世。

五、父母慈爱，尽量不要后代劬养，是人之常情。犹如临终遗言：丧事从简。这是父母谦俭仁慈之德，晚辈当感铭于心，岂能拘于其言而鼓瑟胶柱？在父母，发此言尽己之心，臻乎至善之意也。于儿女，须依礼治丧，厚丧隆祭，乃孝子之臻善之行也。胡适以一家一己一时之权宜，宣炫而欲为天下永例，是否有意毁礼害俗而削薄人心矣！

六、即便是此言为胡适正经公开所说，作为父母，可以持此言以宽儿女之心，作为晚辈，断不可以此言绝恩养之情。此言入心，断人慧根，绝人善念，惑世既深，诬民不浅。

七、传播方式便捷，固然好。但是，若为吸粉而迎合下愚，则不义也。胡适既制杀人刀，而抖音号主传播，致庸愚见而契合其妄意，坚其心而强其志，是罪同杀人了。

2020 年 5 月 21 日

碗为什么是圆的？

　　传统的中国人有一种可称之为"碗筷崇拜"的习惯：比如过年，讲究给家里添加碗筷，寓意增人进口，祈祷家道兴旺。比如碗碟磕破不能用，不会简单丢弃，而是裹上红纸或缠上红布条，再放在外面，一是表达对器皿的感激敬畏；二是希望有需要的人可以拣去经补锔之后再使用 —— 锔碗是一门手艺，应该是非遗项目，现在不常见。那些将紫砂壶装上豆子，浇水发芽后使其自然胀裂再经精工锔补，镶以别材的有意之工，就是发挥这个手艺。有一出非常好看的评剧《锔碗丁》，演的就是老北京齐化门外以锔碗为生的丁家的故事。

　　每年临近重阳节，我都精心购买一些造型美观大方的碗，作为礼物送给上了岁数的老人们。老人们接到礼物，往往很惊讶：为什么送的是个碗？回答：祝福老人永远有饭吃。老人们闻言往往笑得合不拢嘴。

那年到陕西的一个老窑参观，便计划要定制一百个"福"字老碗，但是，我们陕西人做生意不灵敏，一直没有接我这个单。

我喜欢传统的碗盘碟盏。造型无不是圆的，变化只在色彩、高低、深浅、花色等上做文章，所谓万变不离其宗。北京的老式餐厅那种受了宫廷影响做出的餐具就很好看，耐看。

碗盘碟盏，以圆形为正，无论容量、制作、使用等角度，都是法天象地，得乎其正。

我很不习惯甚至说很鄙视当今时尚餐厅的时尚餐具，造型非常怪异，什么怪样的都有，把不是餐具的其他东西制作成瓷器便成了餐具，总之就是不愿意用规规矩矩的圆形。有的菜上来，菜没多少，盛菜的器皿倒占了近半个桌。往往菜没点几个，但很快台面就放不下了。怪异求变，以正圆为耻，以奇崛为尚，正是本末倒置，反客为主，恶紫夺朱，浮靡矫伪甚矣。

在这个望规矩则厌，见奇异则喜的风气里，这当然是对消费者的迎合，也是刺激。我经常担心，这种怪模怪样的器皿一是不好清洗，二是不好存放，三是不好运输。

器皿是世道人心的物化表现。上古为何以鼎彝制度规划礼仪、制定封建？原因正在此。

器具的确太重要了，现在常见的瓷器餐具，仿古则必标乾隆年制，其心诈伪，其器多不可用。而那些新式时尚瓷器，设计乖张怪悖，违理逆情之作比比皆是，浅薄丑陋不说，也多不好用，人反以为时尚。其实还不如农村从前的土旧制式，虽粗糙不精细，但得人情、顺人心。

由此可知俗云：美食不如美器。其说颇有意味，但能理解这句话的人越来越少了。

器具是世风人心的物化，又反过来塑造人情流俗。

再想想日本人福泽喻吉说的改造社会须三改造曰：人心（教育）、器物、政治。是有道理的。

古人从风水、气运角度，反对用奇怪的东西，非正则非礼，非礼则逆天悖理。古人认为，应寓教化于日用伦常当中，对人心进行潜移默化的影响，使其弃邪归正、删杂归一。而尚好怪俗、追逐奇异，必然对人心起到相应的影响，容易启迪其不靖之志、挑动其非分妄念。而人心思异，必言语纷乱，尽呈无根浮词，尚好争辩却无向学慕道之心。

从这个角度说，餐厅做生意，使用奇怪餐具，不伦不类，自己承担经营成本；但居家过日子，不使用正经餐具，追逐怪异，很难说于家道有益。

2020 年 10 月 13 日

接地气与萎靡

【一】取利

看到一篇文章《互联网巨头正在夺走卖菜商贩的生计》。

我说句迂阔的话吧：从前的人讲究"隔行不取利"，否则便为非分、不义。"不义而富贵，于我如浮云"。发不义之财，是受鄙视的。

今天有的人专门干这事儿，很得意。

【二】夫妻

作家陆天明先生发了一条微博——

"附近有个小铺，只开一窗口做买卖。一对外地小夫妇（二十六七岁）专做各式包子。味道不错。我常去光顾。今早又去，听丈夫对妻子说，我喜欢西北那种粗犷的景色。妻子说，那你应该读读辛弃疾的诗。人家在大西北又打仗又写诗。丈夫一面包着包子一面说：我也喜欢他的诗。妻子一面应付买包子的顾客一面说，那你也写啊。丈夫说我不会写啊。妻子说，那……辛弃疾可是我崇拜的人。我在旁听呆了。"

陆先生所说的开小铺的夫妻显然并没有认真读辛弃疾，可能只是囫囵地听说了辛弃疾这个人的事迹，但这不妨碍他们心中信仰辛弃疾。这一点比很多读书人都强，也比很多研究古代文学的学者强，因为许多读书人和学者，要命的是他们可以说得头头是道，但自己不信自己说的每一句话。这对夫妻可贵的是，他们信辛弃疾，而且就这个囫囵的、哪怕是误解的概念，对他们的内心有着真实的作用。这很了不起 —— 这就是有上进之志，像极了顾随先生在 1921 年一个夏夜偶遇济南街头的一对贫民夫妻；也像汪曾祺先生称赞作家铁凝"俊得少有"的小说《孕妇和牛》里的那个孕妇，莫名其妙地想把路边的石碑上的文字画下来，画给她肚子里的孩子……这就是上进心，自自然然表现出来的那种生命的阳气。

顾随先生所见 ——

男人看一本极粗俗的小说，并且大声，按着轻重、快慢的音节，念出来，津津有味地读给她听。他们两个人忽然同时觉得这书的某地方有趣，心里感到一般无二的愉快。见此情景，顾随先生感觉"四围的空气都变得神圣而甜美"。他在街上一个黑暗犄角里立着，看着这一对贫贱夫妻。"看到末后，我眼里涌出热泪来；我的血涨起来，心突突地乱跳，好像要离开腔子。我本要经过这铺子往前走。但是我没有胆气去撞破这一团神圣而甜美的空气。我又跑回原路了！"

与之相比，当今太多所谓看透了的、洒脱的、聪明世故的人，终日言不及义，反认为自己务实接地气云云，其实就是萎靡。

【三】随礼

见某媒体晒一帮著名艺人结婚彼此随份子，数十万至数百万元不等。很让年轻人羡慕。

艺人奢僭非分，不知礼仪。随礼即俗称份子钱，原是一家办婚事，财力不支，甚至罄其家资而不能为之，亲友遂馈赠助之，谓之添箱；及亲友婚嫁，必依礼数或略高数反馈，礼尚往来，性质类似众筹。今演变为敛财，而艺人以财坏礼害俗，大伤风化，扰乱人心。

有人说：婚姻新事新办移风易俗不要麻烦他人。

这话貌似洒脱磊落，但所思者卑近，不长远。圣贤制礼，用心永久，非一时之宜。现在物质丰富，彩礼、贺仪自当俭省，甚至有全免以示廉云云，相比借事敛财固然堪称善矣。但不收彩礼、贺仪，仅自足自满自得而已，却因此中断礼俗，贻害后来：你能保证天下世人千秋万代永富恒康，再也不会出现物质短缺？倘若万一遭遇世变，人将何所倚凭？

只要人守礼数，不僭名冒奢坏礼害俗，在礼数中保持殷殷人情，保留世上的温度，以备千秋万代可用以暖心。这才是所虑深远。

【四】酒馆

不留神看了《老酒馆》几个短视频，这个戏纯粹是瞎编乱造，可以说无一处合乎人情事理：当时酒那么喝吗？饭都吃不上，酒却一碗碗地豪饮？就说那个嗜酒的老头儿，穷窘不堪之极，却二两二两地喝？还自带小菜，为的就是借酒馆一块地方卑微地每天喝二两酒，谁信！

让我想起党永庵作词、某人演唱的《吼秦腔》："喝酒端起个大老碗，吼一声秦腔撑破天！"

我就想问：陕西人啥时候那样喝过酒？陕西从前的土匪、刀客也不那么喝！地道传统的陕西人喝酒，很文雅、很讲礼数，我从小到大在农村至今没见人醉过。陕西人平时没事不饮酒，就像没事不贴红张灯一样。从前粮食多得可以随便酿酒？要多少有多少？用能盛一斤白酒的大老碗喝？喝得顺嘴往外流？喝一半酒一半那么豪横？谁见过？我为什么没有见过呢？

陕西乡下人坐席饮酒，真是值得称赞，讲礼仪，比城里人普遍有文化、有教养，有孔子说的"共饭不饱"、饮酒"不及乱"的意思。

再说这吼秦腔，纯粹是外行，自来猿啼鹤唳、鸡鸣犬吠、虎啸狼嗥、龙吟狮吼、羊咩牛哞，人唱戏无论怎样发声，只能是唱，哪里有吼！

2020年11月30日

蒸年馍

　　关中人家蒸年馍，头一锅出来，主妇会火中取栗似的快速从蒸笼中取出一个热馍，献到祖先神位前，口里念祷：先人先吃，家里蒸年馍哩！

　　若到亲邻家串门儿、走亲戚，遇到蒸馍，则吉祥，意寓蒸腾上升。若到亲邻家串门儿，遇主人家蒸馍，要先给主人家灶下添柴添炭。今天的城里人，懂得这个礼俗的，也会去厨房摸一摸炉灶的点火阀门。

　　还有一个现象：一锅热馍端出锅，突然有一个或数个馍快速收缩至坚硬，色发青，望之丑陋骇人。陕西、山西人称这种现象为"鬼捏了"。

　　人们相信：一定是平时对先人祭祀不周，或忽视其遗愿、或违背其意志，先人以此惩罚警戒；或是猜测远方亲人逝者有何嘱托……总之，人们会快速自省，检讨自己往日言行，回忆先人言语意志，一边烧香拜祷，并将收缩的馍放入炉膛。

令人惊奇的是，如此一来，那收缩坚硬如铁的馍，会膨胀复原如初！

有人仍鄙夷其迷信，其实，神理设教，人遇到怪事，先内自省察、自我检讨反思，不正是人性之善、君子之德吗？

【附】

@ 徐永田 ——

所以不能简单认为这些东西是迷信。

过去的一些禁忌，开始的时候肯定是有道理的，时间长了人们知道不能那样做，才成了禁忌。有一年春节我父母和我妹子到北京，年三十我父母要求找个酒店，让我妹子带着孩子去住，说是不能住娘家。我过后琢磨，老祖宗可能认为嫁出去的姑娘已成了婆家的人，除夕婆家也要团圆，住娘家不妥，慢慢就作为规矩传下来了。我父母当时按规矩办，儿子家算是娘家，反正不能住，花钱也要住到外面酒店去。

@ 仁心为纲 ——

我家离我姑家很近，平时都在我家大锅做饭。腊月二十九晚上，我姑从我家里把一些过年的东西拿回去，做他们的饭。

我们这边过年做豆腐、蒸馍为了防止成品不好，一般会采取以下举措：

1. 做豆腐。

将豆腐脑儿放进豆腐箱（模具）压制成型的时候一般会在豆腐箱上放三根桃树枝条和一把菜刀。放菜刀一是方便豆腐压好后切块（划豆腐），另一种说法是辟邪。

2. 蒸馍，尤其是过年馍。

馍搭到蒸锅上，锅盖上会压一把菜刀和一把筷子。厨房门口会插三根桃树枝条。

@文川书坊——

兄好！我觉得您可整理一些老辈的礼数写一组或一本，这其实是国人起码的规矩。现在的娃没有规矩不懂礼数。

兄出本这书估计会受欢迎。

复文川书坊——

孔子说："事君尽礼，人以为谄也。"

现在的人是：爱娃以礼，人以为贱也。

很多父母在娃面前显得很卑贱，这不是好现象。古人说，教子婴孩，一点不差，从小将孩子的教育纳入纲常伦理中，就不会出现什么叛逆期、什么要尊重孩子的选择、什么父母与孩子平等、什么说不得碰不得打不得……这些都是从小溺爱惯纵，父母自己先不遵守纲常伦理，又怎么能教育孩子上下同气？所以，等到矛盾出现，发生激烈冲突了，甚至酿成悲剧了，围观群众也就只会表面喊叫几句来自西方的转基因似是而非的概念，装扮高深：平等、尊重、自由、权利、对话等。

平等、尊重、自由、选择、权利、对话等，没有问题，纲常在，就不是问题。你不要纲常，许多原本不是问题的问题就都纷纷凸现，变成了你永远处理不好的问题。

2021 年 1 月 28 日

物本乎天，人本乎祖

——过年礼俗答《南方都市报》记者黄茜

我注重礼俗文化，喜欢读各地的地方志，对各地的风土人情有强烈的了解欲望。因为文化的责任，也即读书人的责任，讲究的是"以文化天下"，所谓"治隆于上，俗美于下"。风俗对世道人心的作用十分重要。

什么叫"俗美于下"呢？经过了几千年历史，民族也有一个不断交流融合、彼此学习的过程。我们古人的理想是"一民同俗"。在这种理想下，岭南地区虽然不是中原区文化，但是岭南地区却有着跟中原文化完全一脉相承、浑然一体的风俗。

现在人们感觉年味儿淡了，是因为不会祭祀了。

整个过年期间，一元复始，万象更新。首先要做的是祭祀。祭天、祀神、祭祖。我翻过岭南几乎所有地区的地方志，包括乡志、县志、府志，都讲究在除夕这一天祭天祀祖。因为"物本乎天，人本乎祖"，天下的万物都是自然造就的，而人从哪里来？从祖先那里来。所以要祭天祀祖，祈福迎祥，禳灾避祸，这些可以笼统地称之为祭祀。

总的来说，没有祭祀，永远是没有年味儿的。

不要认为娱乐、放纵的狂欢可以带来年味儿。娱乐狂欢只是非常肤浅的形式。

礼俗的意义就在于，人们用自己的行为，在实际生活中实践圣贤的教化，就好像是吃药治病，娱乐是裹在教化药丸外面的糖衣。我们一般人只品尝到了糖衣的甜味，忽略了教化之药的苦味。而药才是对人身心有益，祛病强体之物。

当代人感到年味儿淡了，那是因为他不会祭祀了。

我看过的岭南地方志，在过去的岭南地区，从粤北的曲江、始兴、梅县到雷州、潮州以至于佛山、广州这么大范围，风俗大同小异，但都非常注重祭祀。以至于民国的学者胡适等，包括如我们岭南的一些文化大家老先生，受了新文化的影响，在文章中认为粤地重视祭祀，迷信过重，认为类似淫祀滥祭，他们提出自己的意见，呼吁大力革除。

我本人对文化先贤提出的这种观点是强烈反对的。我认为不应该革除。他们当时急于变革，未免焦躁，目光短浅、急功近利了。自古以来，以文化天下，有两种途径：一种是忠鲠孝义以交君子；一种是因果报应以警愚俗。读书人按照道理来做人做事，建功立业，服务社会，这是没问题的。可是绝大多数人是没有机会受那么深的教育的。而绝大多数人本身的资质也是达不到理想的高度的。只能用他们能够接受的方式，即类似有一点点宗教色彩的，貌似"迷信"的做法，才能做到上下一致。读书人的行为与老百姓的行为一致，在形式上便是"一天下，同风俗"。读书人通过读书懂得的道理，其他人通过祭祀的行为也可以懂得。

所以胡适那一代人贸然地革除祭祀的礼俗，是犯了浅躁的毛病。他们一个个都是我们尊敬的文化前贤，可他们为什么不能成为孔子及其弟子那样的圣贤呢？因为他们考虑事情不够至广至远。他们只看到了民间风俗的流弊，没有看到里面积极的意义。就好像你要送别人一把青菜，不能洗了再送，一洗青菜就烂了。你只能连着土送过去。但收菜的人不能看见泥土就说你给我的菜不干净。所虑不够广远，贸然革除古礼，人心便无所依从，无所依仗。祭祀使我们民族生生不息。一个人不进行祭祀，可能就不打算要祖先，也不打算要后代了。现在的社会就有这种非常危险的苗头。

真正看民间社会的中华民族的神韵，还是要到广东民间去。岭南地区礼敬祖先的风气比别处浓厚。我们保存着很多貌似保守、貌似迷信的东西，实际上它恰恰保养着中华民族生生不息的文化基因。

在除夕这一天要迎春，主要是迎土神和芒神。土神各地都一样，就是土牛。芒神就是句芒。芒神是主管草木生长的，牛神主管耕种，管五谷丰登的。岭南风俗，土牛的肚子里装有很多各色豆谷，迎神的人们就从牛肚子里掏一点回去，寓意家里面当年能获得丰收。

迎土牛的时候，也会往牛身上洒豆子，洒五种颜色的米，祈福来年获得丰收。"迎土牛于东郊"，从广州地区的从化到雷州半岛，一直到潮州、韶关，都是同样的风俗。在全国别的地方还有"鞭春牛"，用柳条打春牛，有的地方用花绳子轻轻鞭打春牛，既能做游戏，又能祈福。

正月初一这一天，岭南地区天不亮就开始祭祖。祭祖的方式各地不同，广东有些地方的人讲究这一天吃素。紧接着，从初一开始就互相拜年，县志里边动不动出现一个词，特别动人，叫作"虽狎必揖"——虽然平时非常非常亲密，亲密得像今天女的叫闺蜜，男的叫死党，不分彼此似的，但过年这一天还是要穿上礼服，见面还要恭恭敬敬作个揖。虽然亲密得不用客气，但这一天得恭恭敬敬。

礼俗之美就在这里，它有强迫性，有庄重感。所以汪曾祺先生有一句话说得特别好："年节礼俗是中华民族集体的抒情诗。"

有的地方还要唱戏，从除夕就要开始唱戏。我在县志里没有看到花市一说。我个人认为，可能花市毕竟是城市里才有的，乡村地区过去为了求本分，宁愿种粮种菜，谁来弄花呀。种花在普通人家是浮靡奢侈的表现。过去郑板桥批评扬州"千家养女先教曲，十里栽花当种田"，意思是扬州地区的风气太恶了、太坏了，人心太轻薄了，家里生个漂亮女孩子就教她唱歌预备以声色侍人，将来以色相去从事娱乐业。农民也"不务正业"，不种田去种花。因此，我估计花市是城市里后来兴起的风俗。明清时期的县志，一直到清代光绪十六年（1890），说到年俗都不记载买花。

但是会放爆竹。为什么放爆竹呢？因为岭南地区山深林密，爆竹也是从外面引进的，它的声音响脆，当地人认为能避邪恶，令人振奋。但是我个人主张现在城市里不要放鞭炮，不安全，"礼从宜，使从俗"，我们知道意思就行了。我一直反对死继承，风俗要随着物质生活的改变而变化，不能一成不变。

潮州地区还有一个风俗叫"渡厄"。大家在过年期间，各地区日子不同，妇女们都要过一次桥。桥一过，等于就把厄运给渡过去了。

广府这边还有一个风俗，将"坏弊之物，临流投弃"，家里一些不能用的、不好的东西，在过年的时候丢到河流里去，也是取它的好意头。

还有一个风俗是"插大蒜"。人们只知道买花，不知道插桃枝、大蒜也可辟邪，叫作"悬蒜辟邪"。岭南人过年不仅仅是到正月十五就结束了，还要在正月十九这一天挂大蒜。

正月十五元宵节这一天，有的地方也闹社火，但岭南这边有些地方在除夕就闹社火。元宵节这一天，岭南地区统一有一个风俗，叫"迎紫姑"。由妇女来祭紫姑。紫姑就是厕神。但这个厕神不管排泄，她主要是能够占卜。我们老家陕西现在就是元宵节那天在厕所里插一支蜡烛。在城市里，到了元宵节这天晚上，就算你不上厕所，厕所里的灯也要多开一会儿，也是为了迎紫姑。

县志里记得特别动人，因为民间相传，紫姑是个小老婆，她被大老婆在元宵节害在厕所里，所以人们在这一天"悯而祀之"。为什么要女人去祭祀她呢？相传是因为她很灵验，主占卜，同时她可以"相戒以不妒"。过去都是大户人家，一个家庭几个儿子、几房媳妇，大家一起迎紫姑是为了获得教育，互相之间不要生嫉妒心。据考察，有可能紫姑的原型是西汉时期的戚夫人，就是那个被剁掉四肢，挖出眼睛，用铜水注入耳朵，用喑药灌进喉咙，割去舌头，然后扔到厕所里的可怜女人。所以我们这些礼俗，把它解开了，没有一样是迷信的，全是教益。

另外，正月十五这一天，有的地方是十六这一天，要"采青"，也叫"偷青"，就是到别人家的地里去摘一些青菜来吃，有生生不息之意，这也是妇女们干的事情。在拜年期间，有的地方讲究吃生菜。

这几样，都是现在岭南人所知不多的风俗。随着社会的变化，它们逐渐地被遗忘了。

酌情补充

问：哪些典籍里对逐渐消失的岭南年俗有详细记载？

答：《岭南文丛》等。

问：您自己是陕西关中人，在您看来，明清时期岭南地区的年俗与关中地区有何不同？它体现了岭南文化的什么特点？

答：我有些惊讶，陕西关中的年俗，与明清时期岭南的风俗相同的是绝大多数，区别的仅仅是物产、环境等。

问：这些民间的节日礼俗，和当时的宫廷文化或者上层社会文化之间有什么关系？

答：宫廷过年，从清代一些资料上看，与民间的形式区别也不大。宫廷的过年应该为天下示范，以隆重影响普通人。礼不下庶人，普通人家按照当地自己的条件过年，只要按照"物本乎天，人本乎祖"这个价值观，处理人与天地自然、人与祖先、人与亲朋、人与陌生人之间的关系，一样能够收获浓浓的年味儿。

2021 年 2 月 10 日

【简庐笔记】辛丑元宵节数则

【一】小姑贤

戏曲《小姑贤》，几乎各地剧种都能演出，说明它的表演内容有社会需求。

令人印象深的是评剧版、秦腔版、吕剧版的。

看吕剧《小姑贤》，两位老艺人的表演非常好。视频下面评论区有许多人留言说：这婆婆若在今天，会被儿媳打死。

足见现代人不懂伦理纲常。但这个恶婆婆是乡下愚妇，不通情理，正是她用坏了纲常，也破坏了伦理，为显示稍后出场的协调双方关系的小姑子的贤惠。贤惠是女子美德，美德女子堪称女君子，唯女君子方知好恶，才配衡量伦理纲常。

《小姑贤》这种风靡全国、多剧种长演不衰、寓教化于日常生活的好戏，看上去没有宏大奇崛的主题，现在的编剧们别说编，就是让他们看，恐怕都费劲。

这种戏拿到现在的什么汇演中去评奖，一定得不了奖。评委们会认为主题太小，题材太平常琐碎，没有大事件式的内容。这不奇怪，现在的评委有几个是伦理纲常培养出来的？哪个会看戏?

评委们会假装见多识广地说这个戏演的不过是生活琐事儿。好像他们家就没有琐事儿，成天夫妇父子祖孙上演英雄壮烈大会战一样。不信你给他们的评审费少一百块钱，当时他就能上演活灵活现现场版王婆骂街，立刻就琐碎了。

【二】圆融

现代人个个能争会抢，貌似鹌鹑乌鸡一样好斗善战，可是，要想让事儿过去、让讼怒止息、让问题缓解，多厉害的人，最后无一不是迎合、迁就、忍让……

【三】警惕文化名老人

越来越感觉到，从前看八九十岁的老文化名人，还能找到人之常情，现在，看清朝以后的名人言语事迹，都须格外谨慎，许多已经成为文化符号、享大师宗师之名的人大多有严重的问题，大约他们年轻时正赶上东西碰撞，天下变动，神州陆沉，年轻的方刚血气未免急躁功利，其发言为文，多亢奋激进，浅薄轻易。胡适等尚且如此，更何况如画画的林风眠等，对待传统更是简单无情地否定。

反而被他们批评的人，仔细看看，倒几乎无一字错讹。由此可见，像钱穆先生这样的老人是多么了不起！也可知百多年来本分地执守恒情常理的哪怕是没读多少书的农村人多么可贵！

许枫说，钱先生曰"温情"，辜鸿铭称"温良"，新派人物漠视之，冷冰冰，无一丝温度，就像工业化的机械一样。

【四】迎紫姑

广东的明清方志载：正月十五日，南粤妇女迎紫姑祀之，"相戒以不妒"。

紫姑为厕神。

相传某人妾，为大妇所妒，正月十五冤死于厕，上天悯而封为厕神，主占卜之事，民间祀之。

吾乡关中风俗，于元宵节之夜张灯，全家无黑暗死角，厕所亦燃烛祀厕神。连鼠洞亦燃烛。

苏轼有《子姑神记》，附此备考——

元丰三年正月朔日，予始去京师来黄州。二月朔至郡。至之明年，进士潘丙谓予曰："异哉，公之始受命，黄人未知也。有神降于州之侨人郭氏之第，与人言如响，且善赋诗，曰：'苏公将至，而吾不及见也。'已而，公以是日至，而神以是日去。"其明年正月，丙又曰："神复降于郭氏。"予往观之，则衣草木为妇人，而置箸手中，二小童子扶焉。以箸画字曰："妾，寿阳人也，姓何氏，名媚，字丽卿。自幼知读书属文，为伶人妇。唐垂拱中，寿阳刺史害妾夫，纳妾为侍妾，而其妻妒悍甚，见杀于厕。妾虽死不敢诉也，而天使见之，为直其冤，且使有所职于人间。盖世所谓子姑神者，其类甚众，然未有如妾之卓然者也。公少留而为赋诗，且舞以娱公。"诗数十篇，敏捷立成，皆有妙思，杂以嘲笑。问神仙鬼佛变化之理，其答皆出于人意外。坐客抚掌，作《道调梁州》，神起舞中节，曲终再拜以请曰："公文名于天下，何惜方寸之纸，不使世人知有妾乎？"余观何氏之生，见掠于酷吏，而遇害于悍妻，其怨深矣。而终不指言刺史之姓名，似有礼者。客至逆知其平生，而终不言人之阴私与休咎，可谓知矣。又知好文字而耻无闻于世，皆可贤者。粗为录之，答其意焉。

辛丑元宵节记

想起我们村的锣鼓

一早到办公室，正整理案头，准备工作，忽然听到忽强忽弱的锣鼓声。这声音不明显，但却触发了内心的感动。急忙忙打开窗户，把窗户推开到最大限度，以便能更清晰地听到锣鼓的声音，寻找那淹没在车流嘈杂声音中的感动人的力量。

这是过年的感觉。

南方的锣鼓虽然与我老家的相比，显得单薄，气势不够雄壮宏伟，但这一声发自金石革木的声音，足以安慰人内心对道法自然的中国锣鼓的本能渴求。

每逢过年，不在这种强烈震撼的锣鼓声中沉浸式震撼一下身心，似乎内心的每个部件都锈住了一样，不能畅快。可以说非此强烈雄壮的锣鼓，不能让人抖落一身的琐碎庸烦。过年就像手机用久了，需要关机重启一下，人也需要通过过年的礼节风俗仪式，重启一下身心。

我喜欢听锣鼓的声音，喜欢沉浸其中，听最简单的锣鼓节奏，反反复复敲打，听着听着，能把人听得眼睛迸出泪花。

在老家，每次听到锣鼓声，我都走过去，从某个人手里接过大钵，北方叫大镲，听着鼓手打出的节奏，很快就能打起来跟上去，并融合在其中。这种体验又比单纯围观听锣鼓，更深一层。

那年，在老家，见我们村妇女扭秧歌，锣鼓家伙不全，我立刻给她们买了全套锣鼓。

我常对人说我们村的锣鼓最好听，简洁有气势，其他地方的稍一复杂我就听着不过瘾。

我们村敲锣打鼓时，男女老少围着听，人人听得脸面通红、目光发亮，像集体饮酒一样。

从小听我们村的锣鼓，别处的几乎听不得了，听别处的总不解馋，有时候听别处的会奇怪：怎么不是鼓不响就是锣破了似的？

我听过著名的山西绛州锣鼓，就是觉得不解馋。不要说《老虎磨牙》《老鼠娶亲》，专门打开手机找出《秦王点兵》放旁边，一开始就老牛放屁似的，立即关闭不听。

我们的锣鼓没这么忸怩作态，就是质直果断，一开始就来声脆引锣儿，紧接着大镲大鼓翕然大作，开云趋雾，骤见天光。

中山大学毛进睿博士说：后来专门用来单独表演

的徒乐，多数伪不堪闻。他说："窃惟古人尚意、尚姿，时人尚形、尚壳乃至尚符号标签，以琴而论亦然：某派名曲《碧涧流泉》，表现朱子博大救世情怀，时下弹奏，多夸大轮指音乐语言，沾沾以'小流水'自矜，全不知孔孟程朱一事，无怪乎乞灵玄寂，禅琴合一……其初则务求筝琶之声于琴，恨不能万人同奏，与西洋交响争雄。既而繁声厌耳，便以神秘主义自饰，借道葱岭、函关，惟不识何谓洙泗心传。圣贤道器，竟入倡优，真白沙子所云业操缦者不免下流，以其非生民衣食所需者，诚可悯也。"

有一年元宵节后在潮州看当地六十年才举办一次的"迎老爷"，各种社火、锣鼓，满街盈巷，热闹极了！我跟着表演者队伍，走完全程二十多公里，一点不觉得累。

看着敲锣打鼓的人，会对他们从心里滋生一股欣赏、尊敬、羡慕和感激之情。沿街每隔一段，都有商家设茶水点心桌，供人随意享用，每个取用点心茶水的人，都会同时获得来自主人家合掌鞠躬频繁点头致谢，仿佛你不是自己享用，而是替上天神明享用，让他们家感到无上的荣幸。整个城市一下子充盈着醇厚的善意、周到的礼貌，那种温暖和美的气氛，实在太让人着迷了。

元宵节的确不能过得静悄悄的，要热闹，要闹元宵。

月属阴，故上元节应该是以妇女儿童为主的节日。

元宵之夜，办花灯会，祀神娱众。从官厅到民宅，皆营造欢乐放松的气氛。与过年的百般禁忌形成鲜明对比。

文艺家感情丰富明敏，某女诗人也隔窗听到了锣鼓声，发微信：正月十五闹元宵，这个"闹"很久没有体会了。

元宵节时，尤其是女性应该闹元宵，从生理、心理、文化角度都不应该窝着。从前妇女谨守礼教，平素以自我拘约为德，过年又执行体验种种礼数习俗，最需要在元宵节这天热闹的气氛中，技术性保护似的释放张扬一下，让身心的能量得以正常地抒发吐纳，然后恢复到原本生活的状态。

2022 年 2 月 15 日

"城里人"看不懂的就要改、就要废除？

【一】哭嫁

某网发了一条视频：广东湛江企水哭嫁。配发的文字却是："网友：这种习俗'城里人'看不懂，热热闹闹不好吗？"

我觉得那个哭嫁人歌非常好听！

评论区许多人留言说，结婚应该高高兴兴，不应该哭哭啼啼，这种习俗应该废除取消云云。

这个风俗好。依依不舍之情，又郑重其事，凸显婚嫁在人一生中的重要性。

那些自己浅薄不理解风俗礼仪之远旨妙义，动不动喊废除打倒的无知者，哪里来的那么雄壮决绝的勇气？

那些结婚只知道傻乎乎欢欢笑笑才是吉祥的人家，根本理解不了这个风俗。

"城里人"看不懂就要改？就要废除？

有的人，对别人的风俗不懂、感觉不适，绝不轻言反感，绝不说废弃。

有的人，凡是我不懂的，都不应存在，都要废除，改成适合我的，我不懂、不学，但我就是一切。

于此可见，无知者的破坏意志无比坚决无情，誓必横扫一切！

徐俊生兄评论道："先秦时代的婚礼，就是严肃而略带悲情的格调。因为古人重孝道，一个女儿嫁出去之后，以后见父母的机会就非常少了，这个时候欢天喜地地出门，那是不孝。"

其实，今天的婚礼，对娘家妈来说，也应该是略带悲情的。所以说，民间风俗，娘家妈当天不送女，即不到婆婆家参加婚礼，怕控制不住，会当场伤感，搅了男家喜事。那些受过传统文化风俗影响的丈母娘，心里即使是高兴，也会克制住自己，不明显表现出兴高采烈。

再说，人家这样哭，释放了悲情，反而到婆婆家不哭了。

现在的"婚秀"上，你们倒是事先不哭，把哭都留在现场了。

之所以说现在的是婚秀，不是婚礼，是因为现在的结婚无礼，就是秀。比如新郎当众问新娘：你愿意嫁给我吗？这不是废话吗？合着这事儿还没商量好呐？

【二】礼从宜

某生一早问：老师好！疫情影响，婚礼总是定不下来。订酒店都不敢说死，怕中间又出意外。怎么办？请教。

复曰——

看过《三国演义》吗？第十九回，吕布与曹军激战被围，那么高傲的吕布，将女儿嫁给称帝的袁术之子，正常情况下，这婚礼得多讲究！但是，战时情急，"吕布将女以绵缠身，用甲包裹，负于背上，提戟上马"。

你别笑吕布狼狈，这才是"礼从宜"。

固执地非要在非常时期追求平常时期的有板有眼，才是迂腐。

从前艰苦奋斗时期，两张床合成一张，关上窑门就是洞房，也不影响后来当元帅、将军夫人，荣华富贵，儿孙满堂。

一切仪式，都应该随时据实损益，盛时益之，艰时损之，这恰恰合乎礼之义旨。如果非要在不能讲究时强为讲究，不知变通，这才是失时违宜，反而悖义僭礼，失大体而抱残碎。

其实，民间社会一直很自觉地随时节制，婚丧嫁娶礼仪，注重核心部分，其余根据条件增添的仪式、热闹等，吾乡称之为"外圈子东西"，即可有可无。条件允许的，做，可以增添气氛；条件不允许的，不做，丝毫不损礼仪本身。

2022 年 4 月 4 日

清明风俗

【一】功德

每逢清明节，都会把拙作《最好的风水是人品》找出来转发一下。这是我根据父亲的口述写的一篇小文儿，很受欢迎，流传也广，这是我目前写的最"爆款"的文字，也被很多人用多种方式，专业术语叫"洗稿"，改编成多种形式了。

父亲说的故事，被我记录下来，如果能流传下去，这就是做功德。父亲去世了，但他依然还在做功德，这应该就是不朽吧？

我家连续十几年来清明节五服以内阖家上坟祭祖、分享聚餐，非常和睦融乐。

我受了父亲的启发，每年总是精心为所有参加祭祖的小朋友准备一些特别的礼物，挖空心思寻找进口的糖果之类，为的是给孩子们留下回老家祭祖的念想——父亲说他一直记得小时候跟着大人去富平美原龙门村祭祖，回来每个小孩子能分一根油炸大麻花。

"礼从宜""礼之用，和为贵"，考虑到疫情影响，今年清明节不回老家祭祖了，请在老家的父兄弟侄们上坟祭扫。尽量减少给别人带来麻烦和不方便，农村人爱脸面，不让别人背后埋怨、猜测、非议。

【二】扫墓

"慎终追远，民德归厚矣！"——祭祀之事，正如冰心先生早年对小读者所说："清明扫墓，虽不焚化纸钱，也可训练小孩子一种恭肃静默的对先人的敬礼。"可以说，扫墓祭祖，是最强大有效的行为教育。许多对传统文化领会不到位的人，会轻慢礼俗，认为烦琐，讥为形式主义，诋之为迷信云云。

携带祭品于祖先坟茔展省祭扫，化纸烧香，培土植树，表达对祖先的怀念和感恩。在人的视觉里，缕缕香烟，袅袅升腾，从有化为无，飞向缥缈的天空，仿佛能将人绵绵的孝思，传递到另外一个时空。这里有个常识：焚化纸钱，绝对不是纸未发明之前的古人比如先秦人发明的，但为什么后世的人会选择或者说增添这种焚香烧纸的行为？因为这种行为和方式，最能让人寄托感情，是人表达祭祀礼仪最恰当的门径。中国丧祭之礼，有这个规律和机制；根据礼的旨意增添新的方式和载体。就是说，方式和载体虽然非先秦之事物，但却是先秦的思想。

烧纸焚香，表达诚敬，"不以礼节之，亦不可行也"，即礼不能没有节制，否则沦为对祖先的贿赂和收买。曾见有人用小推车装烧纸于城市马路边熊熊焚烧，十分危险，污染环境、扰民。这种无节制而失礼仪的焚烧，就流于淫滥了，严格说，恰恰是对祖先的亵渎和不敬。圣人说孝子"不辱其身"，即不让人埋怨辱骂你的先人，才可能称得上孝。

【三】分享

由于祭祖，敦睦亲族，让人在血缘的感召下，能够见面交流，在感念祖先功德的同时，刷新彼此的情感。此真所谓中华美俗——古人早就认识到这对国家的重要，士大夫就有"治隆于上，俗美于下""美法不如美俗"的治世理想。所以，将深厚博大的中华文化稀释成浅近易行的《朱子治家·格言》中说："祖宗虽远，祭祀不可不诚。"

祭祖的祭品，是为享，献也，如"享于祖考""是用孝享""以享以祀"。关中民间清明祭祖，有用时令刺蓟做的面条、凉面为祭品，其他点心果品为辅助，此风俗又合于"寒食节"之说。祭祖结束后，于坟前分食祭品，这就是"分享"的来历。民间相信吃祭过祖敬高神的祭品，能获得神明保佑，大吉。

见有的人到公墓祭祖，所携带祭品奢华丰盛，祭完就放在坟墓前，像垃圾一样扔掉了，这也是失礼失敬，违背礼仪的，这样祭祖，还不如不祭。祭品不需要带太多，表达诚敬即可。当着先人的面浪费，暴殄天物，让祖先能放心后人？

【四】式祭

现代城市人，多数先人坟茔在老家乡下，许多人会回乡扫墓。仍然有许多人，由于各种原因，无法年年清明回老家扫墓，逐步发明了许多现代寄托孝思的办法，如网上祭扫，微信时代二维码祭扫等。这也很值得赞美。如果给这种祭祀寻找一个古老的文化依据和礼仪逻辑的话，就应该类似古人的"式墓"——古人所乘车，除战车外，车上有一根安装在前面的横木，方便乘车人抓扶，这就是轼，通"式"。《礼》云："入里必式。"式，也是行礼的一种方式。古人身在外地，不能于清明节亲自祭扫先茔，但是，会冲着故乡祖先坟茔的方向，内心充满诚敬，这就是式墓。式墓之诚，等于亲自到坟墓前祭扫一样。

"礼从宜，使从俗"——中华伟大的祖先，制礼作乐，其严密整饬，不仅在于能曲尽人情，更在于能察微得情，圆融变通。这给了今天不能亲自到祖先坟茔前祭扫的城市人以文化礼仪依据，人们因此能感受到中华先贤的通达与体贴。

【五】七十不上坟

所谓匡正风俗，就是不断地发现有悖礼逆俗之事之言，给予及时的纠正。

风俗礼仪在实施的过程中，自然地不断损益变化，这就是传统。

但是，有些人以偏私之见，明显错讹和歪曲、破碎的言语，危害风俗礼仪的正常传承，对此，就得有人出来说话，将其纠正过来。从前这些事都是由各个地方那些有经验的老人做的。可是，时至今日，"欲问其事，故老尽矣"！

最近有个短视频，被频繁转载到许多公号。某人谈清明节上坟，说：

年过七十不上坟。

清明上坟，不上三代以上的老坟。

上坟不过未时。

因其只谈了表象，未做深入讲解，容易引起误会。故补充如下——

年过七十不上坟，是鼓励人早生子养孙，有子孙后代为祖先上坟祭拜，则七十老人可以不去。照顾身体病弱，也是体面的话。

想象七十岁老汉，子孙不蕃，孤独地为祖先上坟祭扫，其情景甚为凄凉。如果七十岁以上老人，身体健康，则可以率领儿孙，前后簇拥，成群结队，那情景令人欣慰又羡慕。

民间上坟，三代以上可以不祭——注意，是可以不祭，不是一定不祭拜。这是节制。商代无节制，则终岁数祭不止。"数则烦，烦则不敬。"至周公制礼，节以成制。俗话说礼多人不怪。鬼岂能怪？不过如果是条件不允许的，不祭三代以上之祖，不算失礼。

祭不过未，也是让人不怠慢，应勤谨敬诚，趁早去。

【六】心怀美好的信念

某生：老师好！您在《桃花扇底看前朝》序言中说，对历史，宁可做选择题，而慎做考据题。强调"信"的作用和力量。如何理解这一点，想请您进一步指教。

复：清明节快到了，你给先人上坟吗？

生：肯定的。年年必须的。

复：好！如果你对先人祈福，会不会说：愿先人在天堂如何美好？

生：会的。就是这个意思。

复：这就是了。常见人发朋友圈，悼念去世者，也是如此祈祷：愿天堂美好、天堂没有病痛……

那么，你们怎么不说愿先人在地狱？地狱如何如何？这就是信嘛，信的作用和力量。

【七】禁忌

新闻：一男子在梵净山金顶刻四字，被判罚赔十二万元！

与孟鑫、木华二君聊此事，说：罚赔处理固然好，但不是最高明的。倘若该男子不差钱，就可能不放在心上。

犹如某个段子：某人随地吐痰，被罚一次五元。被罚后来气，拿出五十元，再吐九次。此所谓"齐之以刑，民免而无耻"。

还有更损的——酒店地毯，烟头烫一个洞，酒店索赔一百元，一共十个洞，需赔一千元！男子居然用烟头把十个洞烧成一个大洞……此亦所谓"齐之以刑，民免而无耻"。

不论是事实还是段子，这种处罚都不是最高级的。

应该在这个处罚上再加一层。加什么？"齐之以礼，有耻且格"。

什么是"齐之以礼，有耻且格"？

其实，以中国人传统风俗禁忌，非常忌讳轻易把个人名字刻在山石、树木、建筑物上，以为大不吉，会折损个人福寿乃至致灾。如果人人皆知此禁忌，则必无此类事发生。

我曾经对会篆刻、雕塑、制瓷的朋友都说过同样迂阔的话：你手里的自然材料，不论贵贱，万古之下，造化仅此而已，在你手里，一刀下去，其命已随之而改，不会再复原，那么你需要拿出至诚至敬之意、至工至精之法对它，不可粗率轻易。

【八】犯讳

河南某地有敬老汉给孙子取名敬光华，犯自己大哥之子即自己亲侄子敬光明的名讳。两家为此闹矛盾，闹到当地政府调解并作为案例上了电视。敬老汉很委屈，在镜头前嚷嚷：啥风俗习惯，我是不讲这些的！

此事显然是敬老汉没文化，不成体统，不知道犯长辈名讳，于晚辈不吉。

一般人给娃取名字，会尽量避本家及里外亲戚乃至邻里朋友的讳，绝不可能让自己孙子犯自己亲侄子的讳。没规矩、没文化到极点，难怪网友瞎猜。

我老家，给娃取名字，连同音字都避讳。有户人家给孙子取名，不留神犯了同村别族一人的讳，结果被犯讳之人给自己孙子取名，故意犯对方祖父的讳。两家因此上百年关系不好。

【九】良心

我们村西边一块荒地，也是洼地，有一年清明节立起了一座墓碑，立碑人是十几里外大户惠村一位八旬老者，全名我不知道，村里老人都叫他"来娃"。名字中有一个"来"字。

来娃的外婆家是我们村的，他自幼丧母，在外婆家长大，由外婆和三个舅妈抚养。来娃年长归宗，后外出干事即吃上了公家饭，住在西安。在二十世纪六七十年代最穷困的日子，来娃每月不忘给每个舅妈每人5块钱，直到她们去世。那时候的5块钱，可解决了三家的不少大问题！

三个舅妈都长寿，最长寿的一位96岁高龄，胖胖的老太太，见人就呵呵地笑。

来娃每年清明节来给他外爷外婆上坟，有一年我还见了，是一位高个子、风度翩翩的干净老人，那时候已经近80岁了。

他的外爷外婆也有后代，只是他外爷外婆的坟太老了，由于农业学大寨、深翻改土、挖排碱渠、村民取土等，早已不见踪影，那块地也由于秋季排涝，成了荒地。可是他记得位置，自己又抟了个坟样子，立了碑，每年清明节从西安赶来上坟。

村里的老人望着那块孤零零的碑，说来娃和他几个舅妈的事，都说：舅妈们都是贤惠人，来娃有良心，知道报恩。

2022 年 4 月 5 日
壬寅清明

吃花

在中国人眼里，几乎无不可食之草木，只是烹饪方法简易或繁难、配料或平常或珍稀之别。看过一些古人食经，所述尽矣。但大多数只宜供人楮墨神往，不必付诸实操，因为这就像中草药，并非常识，但明白其中的道理即可。中草药类古籍所载天下草木之性，皆可以依其性用而施诸药用，也是道理在先。

这是中国传统学问的习惯。古籍中那些文字峻洁优美、描述细致入微的草木，更多的是借草木之用讲草木之性、草木之德，应该说属于理学。

今人赏花以为平常之事，我从小便无此亲身经历，因而至今下意识中觉得赏花对我来说属于奢僭之事。因为这个意识，赏花也就可有可无。因此，看到观赏类花木，便如远观豪门夸富之游，虽羡慕但意识深处总有一根弦拦着，提醒自己这些与我本无关。与我有关即观之亲切，爱之本分的花木，便是桃杏梨枣石榴

138

苹果这些常见的果木之花，大概因为见惯了麦苗青、菜花黄，为之自然而生平淡之心，观之不惊不乍，平淡得几乎毫不知觉的愉悦，才是我的本分。

犹如体育锻炼——翻地、锄草、挖土、拉架子车，这是我本分的劳动，至于与劳动无关的行走、奔跑，那是我羡慕却从意识深处认为自己若为之，便是非分僭奢享受的了。因此，对于观赏类花草，观赏尚且认为奢僭，从未想过吃它。它固然堪入食，但也如上成见，显然奢僭，想到吃观赏类花，犹如驱使西施搬砖、强迫杨妃挑肥，近乎淫滥了。

想想故乡可食之花，无过槐花、榆钱、南瓜花、苜蓿花等数种常见者。我见河南农村人吃桐树花，桐树花裹上面粉蒸熟调味吃，觉得很神奇，为什么我老家人没想到这可以吃？

榆树在关中已少见了，四十多年来在吾乡几乎绝迹。从前是常见的。陕北至今到处都是，长得很好。山西也常见，山西民歌唱："榆树树开花柯枝枝多，你的心眼比俺多。"大概是关中气候稍微湿润一些，榆树因其生长慢、又易生虫，常常身上淌树液，招蚁引虫。而气温低的地方则不易生虫。小时候榆树是家乡常见树，榆树嫩叶可代桑叶养蚕，青枝可仔细扭下整皮一截，刮去皮梢，吹之有唱声，似牧笛，这两样我都玩儿过。榆钱可食，人植之以备荒。但我小时候也没有吃过榆钱做的东西，只是捋一把吃着玩儿。听老人说榆树皮救过荒。想必是真的。今天榆树既近乎绝迹，说明吾乡人已不计较粮食，否则，必使每寸土地不闲，田不轻种，木不妄植，皆有饥荒之预，或有他用，如种皂角树以食其芽，洗涤用其果，药用其刺，至于果仁中晶亮之米，因产量不多，非特留意，则不顾。

洋槐花至今多种植，至暮春开花，可尽情攀折，不用担心损伤树木，越折它长得越疯，它简直就是用自己的花贿赂人的！洋槐，将其未全开之花做食，食法不少，常见有拌面粉蒸熟调味，谓之麦饭。另一种是开水烫过，投凉，拧干，切碎拌入肉馅包饺子，也可以与韭菜、豆腐包素饺子，皆美！槐花晒干储存，用时再水发，掺以别菜，或荤或素包包子，其味也美。北方冬天，人自外归，热腾腾吃几个槐花包子，香极了！

南瓜开花多，择其乔花，即只开花不坐瓜之花，或不欲留之坐瓜之花，切碎与葱花同炒，可佐汤面，南方人谓之浇头。南瓜花可炒鸡蛋。南瓜花挂糊油炸，近来才听说。

我们那里都是紫花苜蓿，南方的黄花苜蓿的花，吾乡人未必敢吃。

捋苜蓿紫花一捧，洗净，于盆中加盐挼烂，以之和面，面要硬，擀得不必太薄，切拆长宽条或菱形面片，煮熟干捞，略调以盐酱椒醋葱花，一般人吃这个比平时饭量能增一倍！

枸树、核桃的絮子，即其花，据说也很好吃，我们那里少见，没有吃过。

关中人有一个脾性：尽管也很讲究吃食，但即使在生活困难时期，也将正经粮食蔬菜和野菜分得很清，不是很用心于吃野菜，也不像现在热心养生的人那样，见野菜就惊喜，大呼小叫不已。关中人也知道野菜好吃，却不把野菜当正经菜。关中人的意识中，有区分正统与非正统的自觉。比如，你说什么花好吃，即使他们接受并尝试，但也一般不会轻易用花做的东西待客。在待客上，关中人的习惯是保守，一本正经。老派关中人家里请客吃饭，用野菜或苜蓿花面条，自己心里就过不去，好像日子过得不像样了似的。从城里到乡下做客的亲友，坚持要吃野菜做的东西，关中人家主妇无奈，遵嘱细心做了野菜，客人吃得很香，连连夸赞并道谢，但主妇们会内心隐隐地泛起一种被人格外谅解和照顾的若有若无的怅惘，她会觉得客人没有在她家正经吃饭一样。

2022 年 4 月 22 日

挼

　　周末一早去菜店，买四个圆白菜，回来做挼菜。这是我跟四川人学的：圆白菜叶子一片一片剥下来，用小刀将菜叶中间的粗筋切两刀，放在竹编筛子上在阳台上晒一天，晒到晚上，全蔫儿了，放在大盆中，撒上一大把花椒、两把盐，慢慢地用手挼。挼菜不能心急，要慢慢地挼，否则感觉很费力气。挼透的菜叶，基本上看不出原来的形状，四个圆白菜，被挼成大半盆像腌菜一样的东西。盆子盖上，腌一晚上。次日用凉水清洗两次，拧握抓干，放在竹编筛子上，晒干，干透的挼菜装在坛子里，密封前洒一杯高度白酒。挼菜可以像梅干菜一样，甚至比梅干菜的用途还多一些。挼菜做成的菜，比如挼菜蒸肉饼，非常好吃，香味醇厚。

　　挼，这个字，陕西人常挂在嘴上。陕西人种瓜，会种一两窝挼瓜，这种瓜像小香瓜，但不能吃，只能在手里挼，慢慢地、玩儿似的轻轻地挼，瓜身上慢慢就会透出一股很香的味道。养小猫小狗，家里的孩子天天挼在手里，小猫小狗就长不大。

四川、贵州、山西人也这么说，也知道这个字的意思，但估计很多人不知道怎么写。

什么是挼？比如做挼菜，将圆白菜放在盆里揉、搓、推、抓、挤、抖等，总之各种手势，不用太使劲儿，要的是不停地变换动作，直到把菜叶挼成不像菜叶子的样子，软趴趴的，筋骨叶脉全无，水分被挼出来，所有生鲜菜叶的那种精气神不见，可以说变成了另外一种样子，不说别人都不知道是用什么菜做的。

一边做，一边想起老家陕西关中。心想，老家人看我这样做，一定会很不屑：嗯！你不够工夫钱。

关中人大概少有人用这种吃法做圆白菜。陕西人对做菜，不像南方人那样耐得烦。比如做蔬菜储藏、腌制，如太费时费工，则多不屑做，认为不够工夫钱，不值得。现在村里家家门口有菜园，都吃不了，见人就想送，除了腌萝卜，其他的菜，多不思晒腌转化储存。比如雪里蕻，任其疯长，也很少人去腌，更别说如江南人那样三蒸三晒做梅干菜。

各地习惯不同，早上去买菜，邻居是广东人，买了一小块肉，让店里给绞成馅儿，说是要包饺子。我忙拦阻：不要绞肉，饺子馅刀剁才好吃！邻居说剁饺子馅儿太麻烦。我说：那麻烦啥！几分钟的事。你们做铁棍手打牛肉丸，一打就是几千下，不是更麻烦费力？邻居说：啊！是哦……

这就是习惯。

我喜欢自己动手做东西，也喜欢看别人做，比如我喝的茵陈茶、蒲公英茶、姜米茶，全是自己做的。动手做，可以说就是耕读生活的耕。

在家看书，坐久了，做点家务，换换脑子，活动活动，总比以细民之身，操心妄言世界趋势、国际大事靠谱吧？

好多年前，与长沙杨福音先生闲话，他说他的父亲杨导宏先生，出身富户，曾师从徐悲鸿、阳太阳等学画，还给我看过一张黑白照片——他父亲在杭州西湖边写生，翩然公子形象，白西装白帽子，旁边打伞侍候他的是印度仆人。后来杨导宏先生去陕西三原宏道书院教了一年书，房间里挂了徐悲鸿等名家的字画，还收了许多明清字画等。后来时局动荡，他什么也不带，孑然一身回到湖南。很喜欢东西，却不为东西所拘束役使，骨子里就洒脱，不受羁绊。

杨福音先生说他的父亲：年轻时那么潇洒，晚年时，每天上午溜达到市场，逛一圈，买一包小河鱼干，回来坐在堂屋里，回形针一头掰直，耐心地、一点一点，不声不响地掏小鱼干两鳃的脏东西，收拾一上午，用报纸一裹，送到厨房去。

杨先生给我讲这些，笑眯眯的，但又有点激动的样子，像是发现了人生的什么真谛。

那时候我听他说这些，似懂非懂，现在，仿佛略有所悟。这就是被岁月和世道揉到了的人，才会褪尽纷华，归于平淡，不喜不惊，随遇而安。

今天揉着菜，晒着太阳，回味杨先生说过的话，脑海里不由得响起这样的唱腔："一事无成两鬓斑，叹光阴一去不回还。日月轮流催晓箭，青山绿水常在眼前……"

每个人一生，最终都被生活和命运揉下了，即揉到位了。人人被人揉，人人又揉人。揉这个字，可以大部分被另外一个字替代：盘。所以，现在常听人说：盘他！很形象。年轻人结婚了，性格暴躁的，最终被揉得没了脾气，日子就凑合着慢慢地过下去了。单位里新来血气方刚的青年人，早晚会被揉得服帖乖顺，也就成熟能任用了。

人生在世，就像这揉菜的过程一样，越是被揉得透彻，滋味越醇香悠长。

被揉，当然不舒服；揉人，其实最终也会不舒服。可是又有什么办法？

2022 年 4 月 25 日

说实话，陕西人并没有李敖夸的那么可爱

咸阳南生桥教授有一篇文章《李敖论赞陕西人》，我看了很受益。感谢他提供了这个话题的许多珍贵资料。

其文曰——

李敖对陕西人却"格"外推崇，说："陕西地处内陆，民风淳朴，尤以秦岭以北为甚，淳朴得人有不少土气。虽然土，却浑厚而正直，所谓'豳岐之纯风，秦人之敌忾，今犹存焉'就是指此。"这段话与朱熹所言"雍州土厚水深，其民厚重质直，无郑卫骄堕浮靡之习"，元好问所言"关中风土完厚，人质直而尚义，风声习气，歌谣慷慨，且有秦汉之旧"可谓一脉相承。"浑厚而正直""厚重质直""质直而尚义"，正是陕西人的根本特色。

李敖对明末清初大思想家李颙（二曲）甚为钦敬，

说："俗人当然不了解李二曲的大勇、李二曲的远见、李二曲的决绝和李二曲在淫威之下辛苦抱持的不合作主义。"

…………

在《敌友江湖》一文中，李敖由西晋名将羊祜与陆抗的著名故事引出陕西另一辛亥革命先烈郭坚的几桩独具"陕西特色"的轶事。郭坚和杨虎城虽为蒲城乡党，却曾是冤家对头。后在郭任西安警备司令时，杨因负重伤暗入西安广仁医院（今之四院前身）治疗。郭闻知后即去医院看杨。杨听郭来，立抽手枪装弹严备。郭在窗外听到枪弹响动忙喊道："九娃子（杨的小名）！还不放心我？我要杀你，我就不来了。我有句话对你说，你把枪放下。"杨在病床上隔窗答道："我在你势下，要杀就杀，没话说！"稍停一会，郭说："是这，我今天不见你，我怕你没钱花，送你二百块钱，放在这里，明天再见。"遂以钱置地，匆匆离去。两位英雄由此尽弃前嫌，成为至交。李敖对此油然而生感慨："像羊祜式的道德，郭坚式的道德，都是跟敌人公平竞争的道德，不乘人于危的道德。""这种道德渊源于中国古老的传统"。此文还讲了郭坚的另一趣事。郭在遭军阀陈树藩急攻时给别人写信求救说："陈贼打我，你贼不管；我贼若死，你贼难免。"这则在当时就广为传诵的趣事至今犹有老人谈及。

…………

李敖在关于"陕籍"戏曲人物王宝钏的两篇文章里，既批驳只针对妇女的片面贞操观念，又赞扬王宝钏追求恋爱婚姻的自由"是我们中国民间最伟大的性爱故事，值得每一位新时代的女性效法与回味"。

李敖向以善于骂人、持评苛严而著称，所以他对陕西人的赞许在他的人物评论里显得有些"突兀"。在这些美德日渐式微、难觅其踪的台湾，他对"古调独弹"的陕西人当然要心仪推崇不已了。

想象陕西人读南生桥教授此文，应该会油然而生自豪感。

这是人之常情。

任何人都喜欢听别人夸赞。区区如我混社会，虽然以写评论为业，月旦臧否，日常之事，但也不免学一些世故，到任何地方，必夸赞对方，不然如何相处？尤其是在今天这人人都敏感计较的风气里，恐怕你赞美得不够、不快，都不能让对方爽透。所以，在社会上行走，谁也不免胁肩谄笑、口唇甜蜜，以迎合讨好人。若求富贵利达，则需要付出更大的尊严人格代价。用一句戏谑的话说：天下自有无缘无故的嘚瑟。故古之亢洁之士，重守静默存，而耻奔竞干谒。但真正能做到这个地步的人，都是真正会算账的人，知道轻重。

我对南先生的文章欣赏感激之余，却没有被李敖的赞美裹挟。

就是说，以我这陕西人看来，我们陕西人并没有李敖夸的那么可爱。

愚以为，一个守阙知不足的人，不应该沾沾自喜于他人的赞美，人家多数是客气，或者如李敖这般老奸巨猾，说话为文，皆有所指，为的是抑彼而扬此、指东骂西，并非完全衷心拜服赞美，所谓"文人才士之口，实多微词；听言参论之间，当明大义"。

《礼》云："爱而知其恶，憎而知其善。"应该闻过则喜，乐见别人指责本地的毛病才是。

其实我更喜欢朱子对秦人的评价：秦人有刚德之资，刚德乃圣贤之德。然欲其刚德，须先去其刚病。

朱子的话，通俗地说：秦人之质，如玉山之石，耐心选择雕琢，多能从其内核发现美玉。然而想得到其包藏于内的美玉，必须先切割打磨掉其厚厚的坚顽皮壳，并经受千万次的摩挲盘搓，而恰恰是切割打磨其皮壳，极难做到，非天资优异又虚心受教之人不能首次塑造雕琢。

塑造雕琢唯一的方法就是读书。关学前贤都是经过读书切割打磨并被人生社会的历练接过无数遍的美玉。

而有识之士曾曰：今日秦地芸芸，人人皆深罹刚病，个个如茅坑石头，又臭又硬。

因此，我常感觉，以秦人之性，尤须读书涵养，若书理未明，仅逞其质而任其性，则必远不及他省之人易交往相处，尤不堪任事建功。

地域文化性格研究，在今日已然不只是绝学，乃是死学。观前代方志、笔记，对本地人性格美恶，尽付诸楮墨，不加隐匿掩饰。观之则令人生敬仰之情，见其磊落之德，知其有向上之志。

前人论地域文化性格之词，不复见于后世矣！如宋太祖之禁，寇忠愍之沮，司马君实之谏，前贤宏识伟略，不复为人所知也。即如近世胡朴庵之论，亦泯而绝之。

近世此类文字罕见，其如黄遵生先生之《岭南民性与岭南文化》之类，已不能再现。前些年，我担任主编的一套近代民俗文化研究丛书，原本近二十种，面世者仅数种。

今人多敏感而计较，言语文字，惧地域歧视之讥，于是所见尽伪言矣。

盖教化之功，移风易俗：世风轻薄，当推崇厚重以矫之；俗气执拗，当倡导随和以济之。以一地性情之偏纠他处性情之病，以明时之善解暗时之恶。如此，则守阙、求知、谦下，必受益。

2022 年 5 月 31 日

说寿杖

小孩子喜欢玩老年人的拐杖。

小时候，每当西街大姥姑来，就急忙等她进门坐下，便抢似的从她手里拿过她的拐杖玩儿。黑色拐杖细细的，手把处分三岔，两平分，一竖立，像鹿角，刚好卡住虎口，手握着很舒服，应该是树根做成的，并不名贵。大姥姑的脾气特别好，至今想起她，清晰记得，总是黑色衣服，很干净，面色白净，见人总是和善地笑。她年轻时不知道受过什么伤，驼背得厉害，因此就用这根拐杖支撑身体，但她能从五里多地外的镇上走到娘家来。每当她坐下，看上去和别人没有区别，一站起来，身体几乎呈九十度的驼背。

大姥姑的婆家曾经富裕，曾是方圆有名的财东家。后来据说因棉花库起火，烧光了家业。子弟又读了点书，家中多老实人，再逢世变，有不敢为之事，有不甘为之心，生存的手段自然就少了，因此一蹶不振，日子过得很贫苦。我记得姥姑父一生都是表情文雅的干净老人，有时候戴一副茶色水晶眼镜，穷，但是脸上没有怨愁之气。

现在的孩子不知道，那时候走亲戚，小孩子进亲戚家门能得到一点零食就是非常高的待遇了，穷人家只能给孩子几句好话。镇上，我们那里称街里，街里人家最怕过会，即逢集。乡下的亲戚上会（赶集）来，不得不招呼到家里坐，但却无力招待吃饭——谁家也架不住每七天一个会日子来人招待。所以，街里人家就慢慢地养成了每逢上会日子就蒸馍的习惯——蒸馍就是不准备好好做饭了，客人见此，就应该知趣而返。所以，在我们那里，从前亲戚朋友到家，如果连续数次你家正好蒸馍，人家就取笑：噫！你咋跟街里人一样？一来亲戚就蒸馍，一来亲戚就蒸馍。其实，按照风俗，到别人家正赶上蒸馍，很吉祥，蒸发蒸发，兴旺的意思。印象中，我的大姥姑家总是冰锅冷灶的。

我母亲的外婆，即我的姥外婆家在镇上中街，姥外婆的命运正好与我的大姥姑相反，堪称福寿双全。姥外婆活到九十七岁，全家伺候得非常好，远近闻名。她有一根粗圆的拐杖，把手也是圆弯的，看上去稳当结实。

现在想想，从两根拐杖的造型上正好对应着两个老人相应的命运。

我的九祖母九十多岁，前几年，我送她一根合金的登山杖，很轻，她很喜欢，拿着到处向人夸，但她走路很快，九十岁还一路小跑，因此从不拄它，而是夹在胳肢窝，或拖在地上，反而成了她的累赘似的。

老家风俗，老人去世后有两样东西不随葬：一是用过的拐杖；二是戴过的眼镜。意思是重新托生为人，不用旧东西，也不把身体的病痛、缺陷带到另一个世界。因此，拐杖和眼镜都是可以传世的。子孙过日子仔细的，会保留先人用过的拐杖、眼镜。尤其是高寿老人用过的东西，谁都想摸一摸，沾沾寿。

西方传进来的手杖称"文明棍儿"，不限年龄，用于拄持则其次，纯粹为手中把玩，如中国的拂尘，非修道之人亦用于把玩，仿佛手臂的延伸，慷慨畅谈之时，用于挥洒指斥，类似戏曲舞台上的水袖。可见人都想把手伸得长一些，有个称心应手的东西，人的表达仿佛更能快意淋漓了，因此可以理解为什么小孩子也喜欢玩儿拐杖，天性使然。

旧俗，送老人拐杖，曰寿杖，以竹、藤为尚，而枸杞根尤佳。拐杖可助人站立行走，似有益于延寿，但却不能一概称为寿杖。戏曲舞台上如佘太君的寿杖，皇帝所赐，俗称龙头拐杖，高过人头，装饰华美，望而令人生崇敬之感。实际生活中，这样的寿杖，对老年人来说，实用为其次，更多的类似礼器，是身份地位的象征。寿杖欲实用，一则欲其坚、二则欲其轻，因此，寿杖之材，多用竹，而竹根胜于竹身，苏东坡

"竹杖芒鞋轻胜马"可证。东坡所用筇竹杖，逐渐成为一件文化道具，其材质造型为文人墨客所钟爱，是文房雅玩，书房内竖立一根，似可寄托读书人某种志趣。

史载宋孝宗欲供太上皇（宋高宗）寿杖，命内务府采办，时有北方商人卖寿杖者，材质美且做工精雅，孝宗颇喜。初，内务府太监欲向商人索要回扣，被拒，太监衔恨，伺机报复。当着众人的面把商人所呈寿杖往地上一扔，大声斥责："凡寿星之扶杖者，杖过于人之首，且诘曲有奇相。今杖直而短，仅身之半，不祥物也。"这一番话，把商人吓得半死。宋孝宗听说后，急忙命人取来查看，果如所言，立即不用了。这话被传出去，访遍全国，再也不见卖寿杖的了。

由此可知，寿杖杖长应过人头，示长寿之意。寿杖以其曲诘弯折有历千万年之相，故称：却老。

想想中国古人寓教化于日用，可谓穷极其理矣！寿杖杖长过身，自不必多言，而曲诘弯折以象征长寿者相之言，实堪玩味：概人之一生如竹木之一世，端直者易折，不得善终。速生者不用，其理非坚。唯历尽坎坷、屡遭摧折而强韧不死，善于顺势而往，匍匐忍耐，蒙诟承压，内坚其质，外曲其身，勉力以活，如竹根之生长，顽石当道则避绕之，狭缝在前则穿刺之，遇肥沃则壮大，遭贫瘠则劲细，是直若"寿多必辱"之言也！

故孔子以年九十为人生之乐，其言可谓深且远矣。

今观诸长寿之人，思其曲诘弯折之姿，不能不让人慷慨叹息。

2022 年 6 月 20 日

卤泊滩曾经来过大雁

卤泊滩曾经来过大雁。

近二三十年，不知道还有没有？

我小时候每年深秋，麦子准备进入冬眠，便有大雁飞来，雁群落在卤泊滩大麦田里，大雁飞走后，麦田里留下白花花的雁粪。

大雁在天空飞过，雁阵呈一字形、人字形或一字人字变换。每当大雁飞过，人们便仰起头看，议论着，直到看不见为止。眼看着雁群慢慢消失在视野里，消失在杳然天际，人们刚刚议论的声音会慢慢地沉寂，人人变得仿佛惆怅失落，甚至还有一些莫名其妙的、若有若无的自卑——大约是看到了人所不及大雁之处，大雁能飞到遥远的远方，人所不能至也。

我没有见过卤泊滩的人打雁，更没有听说谁会吃这种飞禽。但是从前的人分明是吃大雁的，戏曲里不少唱打雁、射雁的，如《汾河湾》又名《打雁进窑》，梅兰芳唱柳迎春："娇儿打雁无音信。"这出戏故事情节曲折惊险，却很近人情，通过故事情节，给人物的情感抒发预留了很大的空间，最终在那么大的误会和矛盾中，苦命的夫妻彼此达成谅恕并认命，然后一起承担由自己一手造成的命运的结果。观众在看戏过程中，获得的是心胸被一次一次撑开撑大的通达，这大概就是戏曲的教化作用。大雁在这个戏里作为符号和道具，很增加氛围感和高古之意。

我上小学的时候，大队在我们学校搞了一个漫画展，有数幅是画我祖父祖母的，其中一幅画了一个女人双手打枪。漫画的配文明指这是画的我的祖母。我从小就学会了忍耐，看了不说话，其他同学暗中对我指指戳戳，我也当没觉察。我们家长期养成了一个习惯，小孩子不许打听老人从前的事，大人也从不给孩子讲自家的经历，怕娃娃们不懂事，到外面乱说，惹祸。所以，当时我也没向家里人打听。但这个事被我记住了。好多年后，闲谈中提起此事，我说我见过一张漫画，画我婆（祖母）会打枪，真会诬蔑糟践人。我母亲听了，很认真地说：你婆就是会打枪。你婆年轻的时候，家里孩子们想吃肉了，正好那季节天上有大雁飞过，你婆从房门背后取出你爷放在家里的枪，到村外头去，抬手打枪，打下两只大雁，回来扔给你二老爷（二曾祖父）说，二大，你给娃拾掇拾掇吃了！

157

毫无疑问，从前大卤泊滩，年年到了季节，必有大雁栖息，卤泊滩连片的水洼，加上广阔的麦田里麦苗、青草等可供其食用。现在土地开垦已尽，滩涂尽变麦田，公路铁路高速路交织，不知道还有没有大雁落脚之处。如果还有大雁经过或落地，我想专门回去站在原来的地方仰望雁阵，看大雁远远地飞来，又远远地飞去。

大雁与卤泊滩、关中的渊源深远，今天的人对此陌生了，印象泯灭，似不曾存在过。

至今关中东府娶亲，夫家迎亲时，除长者、傧相、陪客之外，还有一个小男孩——打鸡娃，由家族中长相体面、健康活泼机灵的男孩担当。娶亲前一日，夫家买或借一只大红公鸡，缚其足置竹篮中，给公鸡脖子上挂一只小圆馍、两边各装饰一只干红辣椒。娶亲当日，迎亲者衣着整洁、礼物备齐，去往女家接亲，打鸡娃胳膊上挽着这只竹篮，公鸡安安静静地卧在竹篮中。到女家，女家男主人要给打鸡娃一个红包。女家一切礼仪已成，招待迎亲者酒饭已毕，吉时已到，新娘出门前拜别祖先，打鸡娃提着公鸡走到女子跟前，根据彼此关系朗声称呼，如"娘娘（婶子）走，回家去"，这就是"于归"。随即将公鸡轻拍两下，公鸡发出叫声为吉，就是女子出门的号令。

听了打鸡娃的称呼和鸡叫，女子遂足不沾地，由父兄背或抱着出门上车，送亲队伍随后，至夫家门口，举行迎亲进门仪式，此时打鸡娃不管这一切，径自进门，将大公鸡篮子放在祖先堂供桌之下，"奠委于地"。打鸡娃的任务就完成了。我小时候，家族中的叔父们娶亲，好几次都是我当打鸡娃，打鸡娃当天很被看重，见识了不少事情。

婚礼结束后，将公鸡还与主家，要给主家抄个笼子——送一份礼，通常是一碗菜、八个馍。

有人说这种打鸡礼俗，是古代奠雁之礼的变异，确否？我未遑考索。但宁愿相信如此。礼俗变化，随时从宜而已。盖古固有雁，似比今日易得之；今日雁罕见矣，若固执用雁，反不合时宜。凡事便宜而行，当知礼擅变通。

我喜欢这个礼俗，原因是它使人获得"虽狎必揖"的庄重感。两姓联姻通好，必依礼而合，方能让彼此都获得人生的尊重和文化加持，婚礼之所以如此隆重而近乎烦琐，无非是通过礼仪，搁置"人心"以符合"道心"，郑重其事，使彼此不苟，"苟而合，惟小人无耻者能之"。

礼仪之行，必须借助物，即所谓"挚"，同"贽"。《周礼》云"禽作六挚"，"婚礼无问尊卑，皆用雁"。敦煌莫高窟有唐代《婚娶图》，可见新婚夫妇向一对大雁恭敬行礼情景。据此，我在深圳为陈氏策划的中式婚礼，则命舍侄许慕白绘工笔《合和双雁图》，用于奠雁之礼。

陕西民间现在仍可见婚礼上新婚夫妇向剪纸"双雁图"行礼的仪式，有的直接向大红纸上书写的"雁"字行礼，此皆为古奠雁之礼的演变。秦风高古，这正是让人喜爱的保守和罕见的固执。

雁之难得，非止今日。旧方志中记载，"婚礼，男家遵古奠遗意，以鹅代雁""既吉，男家聘用，雁代以苍鹅"，可见，用鹅代雁，古已有之。而关中旱地，鸭鹅固不常见，而代之以鸡，又敷以寄托，委以使命，就似乎更讲得通了。

其实，作为老百姓，挚雁固然可以用于婚礼，况礼法许之。但是，日常见面礼，即使古代，也无须用雁，因为太不实际，不近人情，故《礼记·曲礼》云"庶人之挚匹"，匹即家养的鸭子，亦称鹜。方便取材，本分挚礼。

挚雁为上古士大夫之礼。"孔子适周，问礼于老耽"，现存汉画像石描绘了两位圣人见面的动人情景：老耽身体微躬，曳曲竹杖，旁边童子洒扫道路，恭敬迎客；年轻的孔子手捧大雁，作为见面礼。

自天子以至庶人，见面礼细分等级，此非有意制造高低贵贱，而是从宜而为。所挚之礼，各有寄托，庶人所挚匹，取"不能飞腾，如庶人之终守耕稼也"；而天子挚以鬯，即香草酿造的美酒，"言德之远闻也"；诸侯用圭，以玉比德，"言其一度不易也"；卿用羔羊，"取其群而不失类且洁柔也"；士挚雉，"取其性之耿介，且文饰也"；至于大夫挚雁，"去其知时且飞，有行列也"。

古人对雁情有独钟，演绎出比"去其知时且飞，有行列也"更丰富的雁文化，以雁为仁义礼智信五常兼备高尚完美象征，堪称禽中之冠——

大雁南飞北归，千万里之遥，飞行栖止之间，壮者恒所以关照顾护老弱病衰者，绝无弃之不顾之事，至群雁为老雁养老送终。班超《乞归疏》云："蛮夷之俗，畏壮侮老。"是以人何以不如雁之仁也！

雌雄相配，从一而终。其间雌雄或死或亡，孤雁独存以终，不觅别伴，此正是婚礼用雁所由，取其忠贞之义也。

雁阵飞行，或为"一"，或为"人"，必依长幼之序，故云"雁序"。此是其礼也。

俗云"犬为地厌，雁为天厌，鳢为水厌"。盖此三种生灵最为敏锐机警。雁群即使落地休憩之时，警戒防伪之事，专委雁奴承当。

秋天亦称雁天，大雁南北迁徙，随时而变，从不爽期，是为信也。故古人见雁而知时序季节之变，旧戏曲中，"宾鸿大雁吐人言"，道一句"少年子弟江湖老，红粉佳人两鬓斑"最是感人泪下。

雁文化很可能是中华独有之飞禽文化。以古诗词为例，咏雁者不可胜记，但是"万里同悲鸿雁天"，动人诗句都是凄美之词，如大雁南飞空中离别的叫声：

杜甫的"戍鼓断人行，边秋一雁声"，一定要连同诗题一起读——《月夜忆舍弟》。而最是陡然给人增添怅惘愁绪的，是韦应物的《闻雁》："淮南秋雨夜，高斋闻雁来。"

"莫道春来便归去，江南虽好是他乡。""生怕见、花开花落，朝来塞雁先还。"——不知道为什么北方被称为雁的故乡，而南方则是雁的暂栖之地？生物学上的定义如此，文化上的认知就更是如此。这是很有意思的。

《平沙落雁》这首古琴曲的来历有三种传说，我选择其中一个：建文帝历经离乱，隐姓埋名，流落到辽河之滨，秋高气爽，天净河清，但见河边沙滩平展宽阔，群雁起落，乃有感而作。

我的选择唯一的根据就是见过卤泊滩曾经来过大雁的情景。我听《平沙落雁》分明能感受到当时气温和空气中的味道。

卤泊滩曾经来过大雁，我希望以后还会来。

2022 年 6 月 29 日

礼能让你"不油腻"

——对话《深圳商报》记者魏沛娜

作为当年深圳读书月活动，开幕的"说文解字·中华经典古诗文公益课堂"特别邀请了深圳市杂文学会会长、深圳文艺评论家协会副主席许石林为主讲嘉宾。讲座共五期，许石林将在深圳读书月期间陆续为观众详细讲解《朱子家礼》，包括通礼、冠礼、丧礼、婚礼、祭礼等知识。活动自开始就受到市民的好评。围绕讲座主题"以礼弘文，以文传礼"，许石林昨日接受了《深圳商报》记者专访。

传统之学要实践应用

深圳商报《文化广场》：在本期"说文解字·中华经典古诗文公益课堂"中，您为何专门挑选《朱子家礼》做系列讲座？

许石林："说文解字·中华经典古诗文公益课堂"已经连续举办了 4 年，培养了读者和听众对中华古诗文的阅读兴趣和能力。我们是很务实的想法，希望公务员能熟练运用古诗文、学生能用古诗文写精彩的作文等。希望今后坚持下去，逐步让读者的各种写作变得有文采，文字有根源，尽量避免无根浮游或干涩无趣、粗鄙无文。传统之学到了今天，非常缺少应用之学，其实前人是非常注重应用的，应用实践是主流，这样才教化并培养了中华数千年的文明礼仪。今天的学者们，精研学问的很多，但非常缺少实践应用，甚至看不起实践应用。《朱子家礼》简明扼要，通俗易懂，但字字珠玑，是朱熹一生治学治家以及为人处世思想与经验的高度凝练与总结，也体现出他的智慧光华和动人的感化力量。

"繁文缛节"不应成为贬义词

深圳商报《文化广场》：在今天不少人的眼中，礼就是种种繁文缛节，会束缚人的天性发展和身心自由，故而非常排斥礼仪，您如何看待这种心态?

许石林："繁文缛节"不应该成为贬义词。这是部分现代人看待问题的通病，一切都是图自己方便，精神上无上升的追求。自己什么都不是，还对前人的文化妄行褒贬。繁文缛节是礼必不可少的前提和保障，从前胡适先生在他母亲的葬礼中带头废除旧礼俗，并沾沾自喜地撰文说废除了也没什么，连他的外祖母也没反对云云，他不知道这一举动给后世的不良影响有多大。

真正主持过仪式的人都知道，任何一个仪式，你尽量去做得完备周到，事后回顾，都发现还是有所缺失和纰漏、遗憾。这就对了，这就是礼仪的繁文缛节在起作用，让你总有达不到的高度，你才有敬畏向上之心。如果你轻易地做到了，一定会滋生轻慢骄傲之心，立即就背离了礼。被讥为繁文缛节的礼仪，是让你认同其所承载的价值，虽不能至，心向往之。应该说，礼从它产生的时候起，就很少有人能做到完全符合其所有仪节。如果有人能完全做到，就说明礼仪的制定还有不周详处。

深圳商报《文化广场》： 今天提倡重建礼仪的现代价值体系和规范，有何意义？

许石林： 太有意义了！而且可以说，要培养人的现代文明，舍此无他。现代人一提起礼，大多数就自然地将其划归到古人的范畴，认为是前人的事儿。你一让他学礼，他以为让他穿长袍马褂呢。咱们这么说吧：你过马路，尽管车让你，你要不要自觉地快走两步，哪怕是做个样子，让停车等你的司机心里舒服一点？你装修房子，要不要考虑对邻居正常生活的干扰，要不要打个招呼，让邻居遇到问题随时能找到你？你乘地铁，要不要进门后自觉地往里走，而不是现在许多人那样像一袋子粮食一样一动不动勾着脖子刷手机？这种生活中的小事儿太多了，这不都是礼仪吗？

《朱子家礼》对人的塑造，通过一套完整的礼仪训练，自然就不容易产生现在那种满目让人生气的自私自利的无礼现象。

权变通融是礼的基本含义

深圳商报《文化广场》：朱子在解释制作家礼的原因时说："三代之际，礼经备矣。然其存于今者，宫庐器服之制，出入起居之节，皆已不宜于世。"说明礼也要适应时代。您认为要如何为看似过时的礼注入现代生命？

许石林：不能割裂古代和现代，你以为崇古学古那么容易？不要太高看自己的学习能力，以为自己一学就学成老古董了。如果谁真的学成老古董了，麻烦您告诉我秘诀，我磕头拜师。现代人学习古代文化，认真地学，自然就成就了熔古铸今的现代文化，也自然成为有根底的现代人。古代的礼仪，也一直在不断地损益和变化中，形成了各地不同的礼俗，只要精神旨意不变，权变通融是礼的基本含义。但是，你不能一开始就盯着权变和通融，一定要尽量去做得周全甚至拘泥，不得已才权变和通融。所谓当时所宜，未为永例，君子不坏礼害俗，不要轻易改变，不得已才变。

没有什么礼要适应时代，而是时代要适应礼。不是适应礼的表面仪节，而是学习礼的旨意。根据现代的条件去实践，自然就推陈出新了。还什么都没做，什么都不知道，就别妄言陈和新了。你能说清楚，说得有道理，必然是推陈出新了。

深圳商报《文化广场》：您曾经批评现在的礼仪培训多是无根游谈，以悦人取媚的方式学西方的一点皮毛，再穿凿附会，变异以狡巧，全在表面上用功夫。今天我们在学礼的过程中要特别注意哪些问题？

许石林：现代懂礼仪的人少，婚丧嫁娶等，惘然不知，又乏人谋划，任由摆弄，妄附僭赘，以为隆厚。都受制于民间礼仪公司的挟制，掺和以迷信，吓唬人。主人惘然无知，亲友呆木，不知裁抑，费资巨额，劳人众多，如耍猴戏。学礼仪，从根子上学，培养自卑尊人，对人有诚敬之心，知道表达诚敬之心的方式。道理就这么简单，但学习却不简单。所谓博学于文，要尽量多学习风俗礼仪的来源，懂得随时适宜变通的道理。

礼能优化人的身心

深圳商报《文化广场》：在您看来，礼是什么？您所提倡的是"生活化的礼仪"吗？

许石林：礼是中华先贤总结出来的，处理人与人关系最简约、最有效、意义最深远、影响最长久的原则和技巧。简单说，礼就是文明的执行系统和技巧。当然，你学习了这种技巧，它就不仅仅是技巧这种层面的意思，它会变化人的气质，优化人的身心，升级人的生命，用今天的话说：它能让你人到中年"不油腻"。

浊酒一杯家万里

谭姐

刚才在朋友圈看到西安谭姐。

谭姐是陕西省人民艺术剧院子弟，外婆家更是旧时西安的超级大户人家，因此骨子里自然有傲气。

在二十世纪八十年代初，西安尚落后封闭，谭姐那时候上中学，身材高挑，衣着时尚，走路步伐铿锵、英姿高昂，遇路人目不斜视。每路过城门洞，小皮鞋喀喀喀的，听着就有一股傲视他人的劲儿。劲儿，西安话：势。

当时，西安街头游荡的痞子闲散人员，无聊啸聚，或鹄立于街，或犬踞于道。谭姐每日放学，路过碑林旁边的城门洞，必遭闲人的挑逗，吹口哨、起哄等。

有一次，一闲人拦住谭姐：女子你等一下。

谭横眉厉声：流氓，干什么！

闲人：哎呀，没啥，我就给你说一句话，说句实话，你长得真不咋样，但是你走路呙势（方言，意即那姿势、样子），呀——美得很！

　　说着，竖起大拇指。

　　谭姐不久前说起，举座欢腾。

2017 年 9 月 27 日

谒张载祠

"郁郁乎文，赫赫宗周 —— 深圳文艺家青铜文化采风团"从天水返回宝鸡，到陕西眉县横渠镇，参谒张载祠。

到横渠镇，已经过了中午饭时间，小镇找吃饭的地方不易。找了一个小面馆，匆匆吃了一碗饺子，步行去张载祠 —— 司机说坐车吧，还有一段路。众人坚持步行，一是能走路热身；二是本应该步行，如古人弃轿下马。

气温陡降，树叶大部分还在树上，但那种掉落之前的肃静，看上去有一股沉重的力量。而部分树叶掉在地上，被风吹着走，又仿佛与地面剐蹭出一种声音似的。

4年前来张载祠，季节比这早一个月，当时大门锁着，还是打电话才有人给开了门。

这次却早早地有人开门迎接了。

迎接我们的是一位女性。在张载祠，她的工号是003，她担任解说员。

　　她的解说简洁明了、准确生动、深入浅出，对张载的生平事迹及思想学说，以及祠内的建筑、楹联、碑文及其作者，了然于心，背诵原文且能联系生活和现实讲解。

　　她言语流畅，无赘废之词；神情自然，不故作夸张表演之态。听她的讲解，我感觉她更像一位典礼上的引赞司仪，言语中饱含情感，诚敬之心自然流露，有动人的效果。

　　她是本地人，普通话准确，几乎无口音。

　　她生活在横渠镇上，是个普通的妇女，她的家与张载祠相距不远。

　　她从前只听邻居们指着寂寥的张载祠说是张夫子庙，不知道张夫子是谁。8 年前，她应聘到这里工作，但不是做讲解员。工余才开始读张载的书，越读越沉迷，心中对张载的崇仰一天天增加。现在，这里只有3 位工作人员，她便自愿担任义务解说员。

　　她的户口是农村。

　　她在张载祠的正式身份是清洁工。

　　她生于 1948 年。

　　她名叫邵春燕。

　　想想，她只是识字而已，读书全凭天性，绝不敢奢望当学者。只是用了 8 年时间，反复读张载的著作，领悟之深，表达之准，比很多学者尤其是自诩儒学专家要好得多。原因无他，不过是正心诚意，发心不妄，不刻意搜剔挖凿——见往圣之美善则疑，发前贤之病疵则喜；不企图标新立异成自己一家之言。所思所想，无非一个"和"字，凡事往和处想，得古人言，反复涵泳，不断感激，所以，才能对前贤有深邃的领悟。

2017 年 11 月 21 日补记

"你唱老汉骂你哩"

"花儿皇后"苏平老师来深圳，我临时邀请她去做一场公益讲座，给深圳听众讲讲"花儿"艺术，并辅导演唱方法。

苏平老师是我见到过的歌唱家中最能讲、语言又最生动的，可以说，没有之一。与她相处，就像与戏曲艺术家裴艳玲相处一样，要多听她说，专注地吸收她的谈话，越琢磨越有意味。她随口说出的话，都是经民族、民间艺术涵养雕琢过的，非常有味道，比如她说，不要随便在什么地方都唱歌，尤其是不能随便在人多的家里唱歌。

有一首西北花儿——

> 花椒树上你甭上，
> 你上时树枝杈儿挂哩；
> 庄子里去了你甭唱，

你唱时老汉们骂哩。

西北的花儿，陕北民歌，多是男欢女爱的内容，很好听，夫妻间私下可以唱，公开、在大家庭的家里是不许唱的。

"你唱老汉骂你哩"——老汉，就是乡绅长辈，掌控一方风化，做事主持公道，急公好义，说话占地方、管用，人心忌惮，众人威服，关键的时候能裁断纠纷，弹压一方之邪恶。所以，老汉们的骂，就是教化、是价值，也是庶人的依靠和安全感所在。被老汉骂，在过去是很严重的事。

过去的人服村里的老汉，不敢顶嘴冒犯。而作为老汉，不是单单活得年龄大就行，其一辈子谨慎庄重为人，为的就是赢得一方人的尊重和畏服，成为一方乡绅，有益于家国，让子孙敬仰。

今天，没老汉了。人也不听别人的了。

我回到老家，留守老家的长辈父兄纷纷感叹：现在的人，跟从前的老人家不一样了，太爱吵架，成天为屁大的事儿嚷仗，一点意思都没有。

乡村也在迅速地沦陷给所谓的"现代文明"，这是很没有办法的事。

社会舆论也鼓励人"做自己""做真实的自己""解放人性"云云……总之，让人不受制约的"现代化"，让人任性胡来的理由层出不穷。

个性过分解放带给人的弊端，自西方社会已经蔓延超过一个世纪了，西方人为此付出的代价非常大，吞下的恶果至今还在消化中。但在中国，个性解放、过度的个性解放，正在城市和乡村呈爆发式蔓延、升级式传染，许多人纷纷甘愿放弃本分，追求非分，没有品尝过现代化滋味、没有享受过他们想象和期望中的个性放飞的人，如脱缰野马、入海鱼虾。加上各种鸡汤的鼓动和商业的算计，人们正在迎来自己命中注定的苦果。

　　这个趋势谁也阻挡不了。

　　乡村没有执法守礼的老汉了。掌握着一方风俗礼仪损益、影响一方风化的年高德劭者，越来越罕见了，人心没有顾忌，全由二杆子们随心所欲地瞎折腾。

　　今天，乱唱，唱乱，丧礼上表演恶俗艳舞，演奏《今天是个好日子》，比比皆是；婚礼上演唱的所有男女情爱歌曲，无一不是凶词儿连篇，哭哭咧咧，如同诅咒，还有演奏丧祭之事用乐的。大过年的春节联欢晚会，一个一个号丧"请把我埋在这春天里"——你要是死在冬天，还得先给你腊了？

　　　　　　　　　　　　　　　2017 年 12 月 15 日

给陕西戏曲音乐配器的都是什么人

近些年，越来越不理解当今陕西那些给戏曲伴奏和曲牌演奏配器的人，感觉他们出了问题。

新编戏咱不说，本身就不值得看——央视编导、资深票友涉川先生在《那些年我遇到的"砖家"》里写他出席一个新编戏的座谈会。轮到他发言，有这样一段："我面不改色心不跳地说：'这出戏我觉得主要有三个问题，第一是唱腔写得太复杂，不太好唱；第二是京剧味儿不够浓，像话剧；第三就是布景太多，乱。'那几位专家脾气还不错，至少表面上很认真地听取了我的意见。散了以后，那哥们儿问我：'你什么时候看的这戏？''根本就没看过。''那你怎么能叨叨出那么多事儿来？''新编戏不都这样吗？'"

——涉川先生的这段话，一字不改地就是我对新编戏的看法。

我喜欢看老戏，有多老？不是戏的年份老，而是它哪怕是昨天刚编的，但照着戏曲的老样子、老模式、老味道编的，就是老。

有一出碗碗腔《红色娘子军》，这戏我小时候就很熟，它当然是新戏，但是它老。为什么？因为味道老。尤其是那一段"昏沉沉只觉得天旋地转"，唱腔设计非常老，我几乎都会唱。

我常说，戏曲，根本不需要你再瞎创新了，你打破旧的也没用，再说你也打不破，你仰首骂天、迎风唾日，于天何损？于日何损？你使劲儿越大，越是将自己的浓痰糊在自己脸上。戏曲的程式化从人物、道白、唱词、场景、情节、结构，都非常成熟了，像个集成电路板，你要熟悉这个电路板，编新戏，从现成的电路板仓库里取，再重新安装就行了。你非要自己做电路板，多笨啊！比如，我看某省一个得奖的新编戏，坐在头排都能让我睡着了。我觉得这是费力不讨好的戏，因为在我看来，头一场弄个病恹恹的皇帝对大臣托孤，就应该直接套用《洪洋洞》，中间那一场三人各怀心思彼此猜测，很有戏。干吗不直接套用《沙家浜·智斗》？我看裴艳玲先生的新编戏《赵佗》，很遗憾：赵母万里迢迢到岭南看赵佗，母子见面干吗不直接套用《四郎探母·见娘》？

碗碗腔《红色娘子军》的唱腔就非常老，因此非常好听。它就是直接套用老板式。加了新配器，但不干扰老腔调。

但这出戏让我听得上火了——在候机楼，手机上点开某演员近些年演出的那一段"昏沉沉只觉得天旋地转"，刚听了个过门儿，就生气地关了。为什么？因为过门中有一段旋律，原本是用碗碗腔特有的胡琴演奏的，被改成用埙演奏的了，呜呜呜地，听着特别做作、别扭，我都能瞬间想象出改编者的那种浅薄的洋洋得意的嘴脸。

我忍不住给戏曲界朋友发火："陕西现在这帮瓜皮、土鳖！好好的老几大件配器，非要乱改，以为用埙就更抒情，恰恰很做作。陕西戏曲音乐界现在许多人该砍头！把戏越改越像歌儿，最恶心的是配器，用扬琴、古筝叮叮咚咚地代替板胡等弦乐，以为洋气，真是紫之夺朱，郑声乱乐，拿屎当饭！这帮见识狭窄鄙陋、盲目模仿追风的蠢货，吃屎都赶不上热乎的！"

审美一旦受阻，如同杀人。此言非虚。简直表达不了我积压许久的愤怒和无奈。陕西人熟悉的许多老秦腔曲牌，比如《柳生芽》，好多地方也给改成叮叮咚咚的扬琴或古筝了，非常做作。让人不留神听了，十分恼怒上火。

仅仅是愤怒他们的胡编滥改吗？不是。这是一种伪高雅，是伪乐。他们自以为这样一改，更精致了，其实是更虚骄更琐碎了。人的精神萎靡了、干枯了，生命不丰沛、内心不丰富，性情简陋干瘪了，就自然会在这种曲目里选择这样的音、制造这样的音。音乐是一个时代人精神状态和生命品质最真实的反映，"大乐与天地同和"，"唯乐不可以为伪"，"知声而不知音，禽兽是也；知音而不知乐者，众庶是也"。

相对来说，世上文字可以造假、图像可以造假，唯独音乐造不了假，因为人的"听根"不可欺，人通过听根对乐音的呼应、选择、创造，最能真实地反映人的生命品质。所以，一个人对某种声音喜欢得要死，另一个人也许非常反感。这就是两个人的生命品质有严重的区别。这不奇怪，"物之不齐，物之情也"。

听根有天赋，也分高低，这是无疑的，要不怎么考音乐学院要测你的耳音？胡朴庵先生就持此说。所以说，音乐不是技术的问题，技术是表层的，"但识琴中趣，何劳弦上声"，到底还是人的生命品质的问题。

音乐自古以来，最不可讨论，尤其不能丢在大众堆里讨论，非要有个结论，那一定是最坏的结论，因为毕竟下里巴人多。当今诸多艺术门类纷纷堕落，但音乐的堕落是最严重的。因为你跟别人说不清楚，你跟喜欢低级音乐的人的区别，是彼此生命品质的区别。萨特曾经说过："一群人一起听音乐是荒谬的。"为什么？因为那么多人的生命品质不可能一致或接近，必然有太多人在装。也有人沮丧地说：在审美上，人跟人的差异大于人与猴子的差异。

迄今为止，就我所看的一些有关陕西戏曲的评论，远远比不上一位西安耄耋老人的一句话——某次大赛，从农村冒出来一位参赛选手，老腔老调老味道，一下子唤醒了许多老戏迷的记忆，很快风靡三秦，风头强劲。有人问一耄耋老人：您到底喜欢这个人的啥？老人说：我也说不好人家好在哪里，反正，我一听人家的唱腔，就想起旧年岁了。

是人出了问题。

人出了什么问题？陕西人或者说秦腔覆盖地区的人出了什么问题？

我的粗浅判断，从前我们陕西人，多数像朱子称赞的那样：有刚德，刚德即圣贤之德。欲其德，须先去其病。这个病，就是日常难相处，在小事情上常常不配合，不成就自己人，很多时候不会让人如对春风。而其德，却能在很多关键的时候，给你意想不到的帮助和力量，故陕西人常常能激之以义。我常常通俗地解释朱子评价秦人的话：什么是刚病？就是茅坑的石头，又臭又硬，但你耐烦去掉其厚厚的表皮，说不定其中包藏着一块温润的美玉。

从前的陕西人，用顾炎武的话说：民尚义气，士耻奔竞。所以，他们的内心质朴淳善，即便是市井小人的狡诈，在李长之先生看来，也有太古老民之风，其奸计诈术，一望即可识破。所以这样的世道人心，必然喜欢老秦腔的亢烈激昂、浑朴大气，也必然不屑雕琢附会、婉媚甜糯。

相比，今天我们陕西人，我耳闻目睹，感觉人心比以前刁恶冷漠了，少有温和质朴，本身已经变得越来越干硬无趣了，人心浮躁、惘然无聊、孤独无依，是不是正因为这样，才越来越在音乐上，在戏曲上，不知不觉地弃刚劲而就甜软、舍激昂而取婉媚？自觉地趋附喜欢那种巧小琐碎、神经质的做作了？

那些配器的所谓专家，就是这种世道人心的代表，"春江水暖鸭先知"，鸭们其实更像是水，是世道人心的一部分，鸭们又是世道人心的及时准确的表现者。失去了古老精神的家园，无处获取文化的温暖，他们配器、作曲，不变化就认为自己没有创作的痕迹，没有自己的标志，就像流浪狗一样，不在大树底下撒尿，就闻不到自己的气味，容易走丢了。

自古以来，君子每改制，必云托古，不敢妄自标榜创新。而小人求异尚奇，每每洋洋得意，以奇技淫巧标新立异，招摇炫耀。想起《黄帝内经·养生篇》云："智者求同，愚者察异。"

2018 年 3 月 27 日于深圳至杭州飞机上

劳则善心生

有人问我：陕西省西安市高陵区二年级学生赵泽华，每天早上6点先到父母的包子店，帮父母揉面、做包子约一个小时再去上学，已经一年多了，最近被评为全国"最美孝心少年"，对此您怎么看？

我说：很好！杰出之士必出自本分之人。普通人家的孩子，就应该从小知道学习劳作，所谓会洒扫应对、日用自足。

可惜人心总有贪妄，或者愚庸见识不够，自古以来，有些穷人家却往往不注重孩子从小做家务、劳作，许多人反而溺爱孩子，让自己的孩子尽早品尝被娇生惯养的滋味，模仿他们想象和希望中的富裕之家养孩子。所以老话说："财主家惯骡马，穷汉家惯娃娃。"

其实，真正的勤劳致富之家，如果不打算培养败家子，绝对不会惯纵自家子弟，必砥砺以读书或劳作，皆为上进之途。

劳则善心自起，逸必妄念陡萌。从小就体会人间疾苦，知道生之劬艰，比学什么书本知识都更重要。现在那些人妄心纷起，悖行迭出，似是而非，都是用所谓读书替代了从小应该体认践行的劳作。所谓高学历和学问，基本上无关于己，皆用来矜炫于人。

别人又说：老师，现在的学生课业多重啊！表彰这个学生，树为榜样，如果每个学生都这样，很多人恐怕会耽误学业的，家长估计多数不会接受。

榜样一树，就会每个人效仿吗？如果这样，那定是尧舜之民，见贤思齐，早就闻风向化了。

放心吧，树了榜样，也不会每个人都这样做。再说，即便是许多人仿效，因此耽误一些学业，长远看未必不是好事。盖天下真正读书之材，不会多也不必多，故有孝弟百三千为庶众之教，但使其务本而知择善望风靡足矣，此正庶人之福也。若以不称之材强为施教，期灌为乔，非但徒使其抛弃自身本分，反启其不靖之心，终生居卑位却扰于贪安之惑，受害不浅。

社会与其多一批妄心滔滔，眼高手低又不事人间平凡、看不上劳作之人，不如多一些学历不一定高，但务本守分，以辛劳勤恳养家事亲之人。

读书当然是重要的，但多一些家庭劳动、做力所能及的家务活，就未必不会读书。所谓修身养性，方法不是独有读书一途。

凡是上了年纪，有了点人生阅历的人，观察人情事物，通常不会羡慕那些居崇位、拥巨财、享威福者，反而常常欣赏一些平凡的劳动者，比如专注一艺一技的手艺人。一个专注、勤恳的劳作者身上，自然洋溢出一股动人的魅力，这就是前人说的：劳动者最美。也是赵本山说的：劳动者是最可爱的人。

参加体力劳动，貌似劳动，实际上更多的是通过劳动格物致知，能磨炼培养人知本守分的自觉。

君子务本，本分者的人生是最坦荡踏实的人生。

2019 年 10 月 23 日

秦腔声色

移植剧目

京剧《春秋配》，属张君秋、沈福存先生的好听。

《春秋配》、《谢瑶环》（原名《万福莲》）等戏曲，都是陕西渭南人李芳桂编剧，现在的陕西地方戏除碗碗腔皮影能演，能够演出全部的恐怕也不多了。更不见别的人学、别的戏种比如秦腔演出。

倒是京剧将这两个戏唱了个红。

秦腔现在倒热衷于移植京剧的剧目，秦腔版《锁麟囊》，简直不敢听，每听一句都让人恨不得钻地缝儿。

秦腔版《锁麟囊》有两个：一个是甘肃的，一个是陕西的。

任何一个版本都没听几句就作罢。听得人难为情得不行。感觉很傻。

现时，千万别移植人家常演不衰已经红透天的剧本，因为人的视听习惯，先入为主太麻烦了。同一个剧种同一个流派的不同角儿，有些微不同，观众都炸了天似的，何况剧种之彻底不同。

倘若从前的名艺人在世，绝对不会犯简单移植的错误，他们会判断。一般来说，戏曲中的经典剧目，一个角儿唱红了，别的流派的角儿通常不碰人家的戏，一定会自己独创一个剧目，不是不跟别人争观众，是放着平路滩涂不走，谁愿意故意翻别人的坡峰啊！

剧目移植，从前不少见，但从前的移植，有个条件：信息相对封闭，此剧种观众根本不知道原剧种怎么唱，没有先入为主，故看移植剧目以为本剧种原创。现在可不一样，信息传播如此便捷、视听如此便利，因此，十个移植剧目九个半必傻。从前的剧目移植，若先看此剧种，则彼此剧种就不一定能接受。就像我看秦腔《周仁回府》，改成京剧《周仁献嫂》，谁唱都不好听、不解馋，即使是叶盛兰复活，也不行。

笛子

看一篇文章《为什么拉京胡的必须会吹笛子》。

艺多不压身，早晚会用上，如京剧《白蛇传》，张火丁那一段【南梆子】："许郎夫他待我百般恩爱……"有一个版本：前面的过门儿夹几声笛子，就是冒几下，非常好听，一下子把白娘子婚后初尝人间幸福的甜蜜感表现出来了。其他没加笛子的版本，不对比就不知道加了笛子的有多好！

如果乐队有人会笛子，演出就不用另请人了，另请人就吹几下，似乎不值。估计大多数乐队的人不会笛子，所以观众见到的绝大多数演出没有加。就像做菜，少某一味小作料，食客不对比着吃就以为不加已是最佳，岂不知加了此小作料味道会更好，这就是止于至善。

听老录音，秦腔旧乐队有笛子，笛音能给悲郁的秦声加一些跳跃的亮色。现在的秦腔配器，乐队几乎听不到这些了，反倒是胡琴这个主奏乐器的许多过门儿等演奏被敲打弹拨乐夺了去，叮叮咚咚地，十分琐碎小气——没办法，这是应运而生的变化，"唯乐不可以为伪"，我们秦人开始变得琐碎小气了嘛。

［附］

毛进睿博士：说起笛子，就想到小时候接受的新中国学院派竹笛，经过一代前贤的努力，把地方戏曲的伴奏乐器提升为独奏乐器。表面上看是地位的提高和体系的进步，实际上背离了以唱词为主、旋律为辅的音乐文学传统，堕入不断复杂炫技、追求外化音乐语言的下流。最终得不到根源的滋养，逐渐只能放弃。

复毛进睿博士：这正是我这么喜欢声色又敏感的人，却逐渐不听所谓器乐专辑、听不进去音乐会的原因。

2020 年 3 月 12 日

吃相就是命相——为什么人越来越不注意吃相了？

一条长 15 秒的陕西关中普通农村人家吃饭的抖音视频火了，许多人认为那是地道的乡土生活，真实而亲切，所谓接地气。

的确真实，全家大小，质朴而和气。我注意到了他们小桌子上的饭菜，太不讲究摆盘了。看着那几个长得很好的孩子，吃饭很香的样子，觉得家长还应该注意点什么。

关中农村的风气坏了！以前，不论家里多穷，吃饭多俭薄寒碜，饭端上桌，必须摆盘整齐，凑也凑整齐，没有把拌菜的盆、蒸馍的笼端上桌的。这种粗野，对孩子没好处，让他们不知道吃饭还有更高一层意义，尽管现在他们还不具备，以后会有。

这种粗鄙，居然被认为是正宗地道的乡土味儿，是的，是你能接受的乡土气息，但不是乡土的全部，更不是在旧的礼乐中国塑造影响下的礼俗乡土，即不是应该的农村。

以粗鄙野蛮解释涵盖所有乡村社会，大约是二十世纪八十年代初开始的。《红高粱》是标志，时代给予它的名利成功，导致了此后几十年风气的急转直下，至赵本山《乡村爱情》系列又加了一把火，以至于今天的人普遍不认识传统乡村了。

有人说，家里来了客人，才会注意摆盘。不能来了客人才讲究，平时就自己人吃饭也应该讲究，对孩子的教育影响才更好。贫寒人家子弟，当有钟鸣鼎食之志才对。

所以说"君子固穷"，是指在穷困中仍保持秉道向上之志，而"小人穷斯滥矣"是指以穷为依据而萎靡放肆，丧失上进之心，以粗鄙为本为标榜。

小时候有一次我父亲给人家看病，我去找他，快到午饭时，病人家不让我们走，非要留吃饭。那时候人太穷，我记得饭是一指宽、一拃长的捞面条，桌子上有四个碟子：一碟盐；一碟辣子；一碟子上放着一个小碗，装着酱油和醋；一个碟子里头朝里尾朝外整齐地放着蒜瓣儿，蒜瓣儿剥了外皮，留内皮，用刀拍了一下，用醋浇了，再滴了几滴油。这就是当时招待客人隆重的午饭了，我至今想起来，没有觉得寒酸，反而觉得很隆重，那个穿着黑粗布棉衣的老人，音容笑貌，文质彬彬的。这就是当时的关中农村人。

2020 年 8 月 7 日

［附］

李伟嘉：确实是，吃相反映命相，家教关乎家道。乡里有些对日常饮食相当讲究郑重的老辈人，如今儿女后辈早都飞黄腾达了。

许枫：雅俗可共生，粗鄙则无文，无文则一心求利，义之不存焉。

王治军：许老师所言极是！当今人们的吃相坏了，是社会和家庭教育出现问题的一个缩影！

一碗裤带面引发的陕西人之间的激烈互捧

　　蒲城县林则徐纪念馆给我转来闽剧《林则徐与王鼎》视频片段：王鼎宴请林则徐 ——

　　道光皇帝的老师、军机大臣王鼎举荐林则徐去广东禁烟。临行前，王鼎举行家宴为林则徐钱行。视频中，随着幕后一声喊叫"吃面咯"，几个仆人欢快地张罗起来，几个男仆端着大碗、几个厨娘手里舞着白布（宽面条）上场，看样子这是要堂扯、堂煮、堂泼、堂食了。在众人的欢舞中，王鼎和林则徐出场，一人捧着一条大蒜辫！王鼎说：吃面不吃蒜，营养减一半。林则徐接：要是吃了蒜，晚上不好眠。王鼎说：有味！有味！哈哈哈……接着，一个女仆中的大姐大或者是王府女眷，称王鼎为爷爷，问王鼎：为什么要请林大人吃大蒜呐？人家南方人，恐怕吃不惯。王鼎说：吃裤带面怎么能不吃蒜！

　　王鼎、林则徐一人捧着一条大蒜辫子上场，这是刚从大蒜生产基地扶贫支农回来，还是刚从市场买蒜回来？

林则徐问王鼎：裤带面有何讲究？没等王鼎说话，那个称王鼎为爷爷的女人跑过来给林则徐来了一段"舌尖上的陕西"：面的形状像裤带，做起来如何、吃起来如何……紧接着，在王鼎的带领下，一群人舞蹈似的表演陕西的裤带面，手里舞着代表裤带面的白布条，怎么看着总让我想起裹脚布？其所歌所咏，不过是形而下的肤浅夸张，并没有达乎心尖的寄托和比兴。

作为一个陕西人，我看这段戏的直接感受是尴尬得很，觉得非常别扭。要不是受委托进行所谓"审阅"，是不会看完这短短几分钟的视频的。

作为受聘蒲城县林则徐纪念馆的顾问，不才提了如下意见——

这段戏弃大端而抱残碎了，对面的渲染铺张，只是用一个普通食客的角度做了简单的比喻排比，三个比喻，气格平庸，没有比兴寄托。这个太没有说服力和感染力了。

饮食不是不可以入戏，但需发乎舌尖而达乎心尖，应该从宰相大臣之职在于调和鼎鼐设喻立论，以饮食之道，不厌其精展开，虽一碗面，则关中人必用心至诚至精，务使其止于至善。如此，则教化尽在日用伦常之中，戏才有内涵，也好看，顿收高台教化之功。现在这段戏，只是一声肤浅的叫好赞美而已，没什么意思，甚至挺可笑，看得人很尴。

现在看来，写生活细节不是容易的事，发表议论和抒情相对容易。联想到看《红楼梦》，中小学生多数厌倦其中对建筑装饰、衣着吃食、贡品礼仪的详细描述，会跳过去不读。但是，长大了，你会发现，能像汪曾祺先生那样详细生动地写器物用具、饮食衣着细节，是很难的，非有格物致知的功夫不能为。

况且，这段视频里面还有三个要命的错误，非常荒谬——

君子远庖厨，王鼎这位军机大臣、太子太保，会和一个女仆或女眷当着林则徐的面讨论饮食，而且林则徐也掺和其中？此其一。

士大夫朝廷勋爵之贵，会和一个女人当着客人一起反复说"裤带"二字？"裤带"二字在那个年代，会吞吐于读书出身仕宦之口，播扬于广庭主客男女之间？那不是要流氓吗？那不是大失体统吗？单这一点，王鼎、林则徐双双就该被参劾。此二也。

不论官民，自来待客设席，主人必极尽其诚，虽设馔丰盛，必致歉言简薄不成敬意，哪里有自夸其丰而手舞足蹈炫耀客前的？这是欺负客人、侮辱客人没吃过东西、少见识。此三也。

由这个戏，想起了我曾经两次分别评论陈忠实的《白鹿原》改编成的影视剧里的吃面的情节，都很失败——影视剧怎么那么爱表现陕西人吃面？从影视剧

《白鹿原》吃面这个细节上，可以看出编导对人情物理有严重的认知欠缺和表现疏漏。此不赘述。

有比吃面还严重的问题——

白嘉轩的父亲是老族长、财主，见自己的儿子娶了六个媳妇都死了，老两口为此着急，这是人之常情。但是，老族长老两口晚上商量，故意安排丫头香草给儿子白嘉轩洗脚，那意思是孤男寡女的，就顺便把好事儿给办了。

看到这儿，我真是长长地哼了一口气：这真不是我们关中人干的事儿！别说你是财主家、族长家，有头有脸的大户、财东，就是关中农村最最普通的农民，也绝不会干这种事儿：父母居然给儿子拉起皮条来了！家里有的是条件，堂堂正正地娶了香草有什么不方便？非要这样苟且、鬼鬼祟祟地做出与自己身份不合，尤其是与关中农民的价值观严重相悖的丑事？

——我的这两段话有问题吗？请指正。

一位读者对拙文《〈白鹿原〉比吃错了面更严重的是什么》的评论很激烈，他说："这篇文章的作者就是哗众取宠，自以为自己懂生活就写狗屁文章，殊不知艺术来源于生活，高于生活，只知道吹毛求疵。剧中宽面条就是为了推广陕西文化与美食，这点用意都没看懂，自以为读点书就天下无敌，别人不懂。"

我不明白高明如这位读者所说的电视剧《白鹿原》意在宣传的陕西文化是什么文化。

三秦大地，乃理学渊薮，经千年修养，人心厚朴，崇礼向义，民务本分，士耻奔竞。作为乡绅族长的父母居然为儿子设局当淫媒，这是什么文化？

2021 年 6 月 9 日

乡村振兴，绝不是要培养不劳而获、好逸恶劳之人

南京大学人类学研究所副教授邓国基（Chris K.K.Tan）研究新媒体和文化时，调研了中国的殡葬业，写了一篇名为《为什么中国年轻人热衷于殡葬业？》的文章。

他在文章中说：近年来，中国年轻人对殡葬工作的兴趣日益浓厚，这表明围绕死亡的古老禁忌正在淡化。在殡仪馆工作的年轻人也越来越多，比如在2019年有报道称，西安超过一半的殡仪馆工作人员是1980年后出生的。尽管这份工作带有污名，但对年轻人最大的吸引力便是其为"铁饭碗"，且相较于其他公务员岗位，它的竞争性明显小得多。在一个越来越不可靠的世界里，这是一个可靠的职业选择。

我曾经说过，外国人研究中国的历史文化、传统习惯、风俗礼仪乃至现实，学中国的艺术，远远比不

上中国人研究外国的历史文化、传统礼仪和学习他们的艺术。民国初年，一些中华文化饱学之士赴美参观一圈，立刻把美国的立国之本找出来了，非常清晰。因为这些前辈心中有非常高级而精密的文化尺度。中国的交响乐可以把西方的作品演奏得比西方的乐团还好，中国的歌唱家可以很细致入微地演唱西方的歌剧，西方的所有画种在中国人手里都可以表现得甚至比他们还精彩，中国人学西医可以比西方人还优秀……反过来，你让他们演奏中国的民乐，让他们唱中国的戏曲、民歌，画国画、写书法、学中医……至少我还没有发现比得过中国人的。

同样，这个研究新媒体和文化的人类学家的研究是很浮泛的。看他的文章，可以说，他几乎不用去现场调查，只需要看数据就可以得出他文章中频频出现的"这表明"。

他说："中国传统文化对死亡既有恐惧，又有厌恶，似乎它能让每一个与之接触的人都染上不幸的色彩。"——难道你们国家的传统文化对死亡是喜悦而亲切的？对死亡的恐惧和厌恶是人之常情，乃至动物之性。正因如此，文化的意义就在于能克服这些本能和天性。

这种没有切身体会的想当然式做学问，是做学问的大忌。

远处不说，说说我老家的村——

我们村的人从来敬事丧葬，至今，闻讣即到，至诚效劳，服从调遣，自动补位，相互辅助，从未有彼此难为之事，或有因不慎而失误者，必尽快补救，衣着粗朴的外表，但个个显得文雅知礼。曾有人见而感叹："这才是世上最好的管理！"

凡村里有外出干事经商者，临走必叮嘱宗亲好友：村里有事，烦请务必及时告知。及得讯，省境之内，必告假归乡，甚至商店下板锁门暂停业数日，赶回村帮忙。确实有事未能返乡者，必先电话吊慰，委托人致奠赠赙，及事后返乡，专程登门上香致意。

我乡丧事，从不铺张浪费，一切均依照礼俗，浪费无由。有无知者从外地学回坏做法，必遭裁抑，使归于旧俗。

前年一老太太去世，其家是村中最穷者，不能像其他人家一样过事，相奉们一商议：拣最主要的礼仪程序办，其他的俗称"外圈子热闹"一概省略。及事办完，村里人都说花最少的钱，把丧事办得好。农村人的文化、智慧、胸襟，彼此担当的仁义，一下子体现出来了。

这就是仍然活在中国人生活中，延续着中华民族文化体温的传统。

乡村振兴，应该多表彰一下我老家这样的村，必然惠风和畅、德音远播、民心向化、归厚自淳。

如果仅仅是发展经济、"搞钱"，甚至挟钱毁坏风俗、碾压礼仪，则钱越多，亦不过损贤者之志、益愚者之过，使本该因劳生善为本之人，未及富贵，先自淫逸而已。

乡村振兴，绝不是要培养不劳而获、好逸恶劳之人，而是要保障耕劳者有食，守礼者体面。

2021 年 8 月 31 日

你还不如说陕北就是蛮夷、不通王化哩

——对狄马新书《歌声响处是吾乡》一段推广文字的批评

作家狄马的新书《歌声响处是吾乡》，写陕北民歌。

他的上一本新书在深圳尚书吧做推广会，主办方邀请我和他对话，不谈新书，却谈陕北民歌。许多人是为了听陕北民歌来参加活动的。作家会唱歌的不少，唱得好的却不多。

那一次的活动用来给这本书做推广倒是很合适。

看到某人为新书写的推广文章，其中有这一段——

比如最后几句："百灵鸟过河沉不了底，忘了娘老子忘不了你；宁让皇上的江山乱，不叫咱二人关系断。"直接挑战传统儒家最核心的价值观，在卫道士眼里，这是最典型的不忠不孝。狄马说，他曾经和陈忠实先生一起探讨过这几句歌词，陈忠实听了也很吃惊，他说关中一带最流行的秦腔中，绝对不可能出现类似这样的表述。从地理位置上看，陕北与关中山水相连，陕北最北端与关中平原，也就数百里之遥。但是，从历史上看，陕北处于农耕文明与游牧文明的结合部，特殊的自然环境与历史境遇，也阻挡了儒家文化的扩张。虽然这里长年征战，加之地瘠民贫，百姓生活悲苦，但是，由于儒家文化的侵蚀力量减弱，为人性的舒展留了一点空间，让这片土地在最贫瘠的时代培育了生机勃勃的艺术之花。

读到这里，我就果断关了屏幕。

又一个不懂儒家却轻易地反儒家的浅薄之徒。

岂不知民间有俗语"书真戏假，歌是屁话"？此所谓"屁话"，怎么理解？我敢说写那种文字的人同样没有理解这句话的能力。

这正是流行民歌，即陕北所说的酸曲儿的环境，用来消解酸曲的酸度的。人们唱酸曲儿，享受酸曲儿，用酸曲儿调节庸常乏味、枯燥无聊的生活，却同时能从观念上、情感上、思想上对酸曲儿的酸度做自觉的"解毒"。

既说"屁话"，能用来像秦腔一样高台公开歌唱？

可以说，这样简单地得出结论，自己暗示自己还挺得意，连带陈忠实先生都草率肤浅了。

岂不知古人云"优言无邮"？即从前以儒家文化为正统价值的传统社会，一直以来包容一种对儒家的主流价值的调侃，甚至近乎亵渎捉弄的东西，这些都因为一个"戏"字，得以生存。比如戏曲，既承担着儒家高台教化的功能，又同时不规律地夹杂着对儒家价值的调侃乃至近乎反叛。陈忠实大概不会质疑王宝钏吧？王宝钏三击掌断绝父女情，不就是反叛儒家礼教嘛？但是她为什么会被儒家文化所包容乃至被民间社会厚爱？儒家社会对戏剧的态度，用英国戏剧家毛姆的一部话剧中的台词说，较为恰切："像你我这样有身份的贵族女人，应该容许自己的丈夫，偶尔在道德狭窄的田埂上错出一步。"

所谓"我优也，言无邮"。道理在此。

民歌《一对对鸳鸯水上漂》歌中有词："墙头上跑马海嫌低，不像我的娘老子也想你。""宁叫皇上的江山乱，不能叫咱两个关系断。"其实，歌中这种无君无父之词，正说明儒家君父思想恰恰无处不在，他怎么不唱反其他宗教的词儿？

青海花儿有这样一首——

花椒树上你甭上，

你上时树枝杈儿挂哩；

庄子里去了你甭唱，

你唱时老汉们骂哩。

——你唱，去野外或小范围私下唱，可以。你私下唱，就是偷。偷，证明你心里有所顾忌。有所顾忌，证明有所信仰，有所尊奉。

　　如果去人多处，比如村庄唱，那些代表并象征儒家文化价值纲纪的长辈老汉会批评你，以维持风纪。

　　这正是孔子删述整理《诗经》的原因。

　　从前的原生态民歌，时有冒犯纲纪，但又受纲纪管束，人性的释放和驯化，就在一放一束中。有顾忌、有挑战，说明有禁忌，或者说有规范，正是儒家影响力的体现。如此，才是完整的生态。

　　照上面新书推广文字的说法："特殊的自然环境与历史境遇，也阻挡了儒家文化的扩张。虽然这里长年征战，加之地瘠民贫，百姓生活悲苦，但是，由于儒家文化的侵蚀力量减弱，为人性的舒展留了一点空间。"——这是对陕北的"高级黑"，你还不如说陕北就是蛮夷，不通王化哩！

2021 年 10 月 7 日

由玉米地遭水灾想起"乡土中国"

多个权威部门和机构推荐中学生整本必读书，其中有二：一为古典文学名著《红楼梦》，一为社会学名著《乡土中国》。

有人不理解为什么会选择这两本书。

依我的理解，用这两本书，从学生入手，逐步修复或者纠正我们长期教育、文化，尤其是社会整体世俗价值的偏失，让人们心态逐步平和，用正常的视角和少功利心态，感受并理解"文化乡愁"，重新感受、认识传统社会文化伦常价值下的生活情态、世事兴衰，重新检省自身的中华乡土文化属性，找到自身真正的文化基因，激活日渐迷昏欲睡的中华心。君子务本，本立而道生，只有找到文化血脉之本，才能祛魅一百多年来人类城市化进程中滋生的全方位优越感、都市无条件崇拜以及现代化傲慢和当代极度自负。

果然如推荐方的良苦用心，不必说中学生阅读这两本书感到困难，大部分教师也阅读困难、理解有误。他们用迷茫和焦灼共同注释了二十多年来，国内外图书出版界的两次调查结果：这两本书，一个高居"死活读不下去世界名著"榜首；一个阅读理解难度系数堪比前一本。

包括清华、北大在内的诸多高校名教授，近年也加入了导读和注解这两本书的行列，出版了多种解读、导读本。我认真地阅读过其中的数种，感觉学者们孜孜以求服务中学教师、学生的导读本、注解本，几乎无一不是事与愿违。关于《红楼梦》，没有"红学家"们的干扰，只读原著文本的难度，要比读了各种各样故弄玄虚的红学著作小得多；而读《乡土中国》的注解本，你会发现，学者们更多的其实是借解读展示自己学问的深奥玄妙，他们的导读文字，比费孝通先生的原著普遍要难读得多。

将两本书相比较，《乡土中国》更难让携带现代城市病的学者及习惯了鄙视乡村、厌弃乡土、嘲讽乡愁的读者理解。

试举两个与笔者有关的例子。

陕西关中东府，蒲城西南片，地理气候所致，秋天必有霖雨，数年例有大霖，使原属半干旱地区，连月雨涝，卤泊滩一带，地势低卑，尤易淹浸，水不下润，难以泄排，秋庄稼难以收获，麦子种不下去。

若适值秋庄稼将熟之季，雨势大而时长，顷成泽国。

在老家务农为生的六爸从来勤俭，过日子细致，种地不惜力，一天到晚，不是在地里干活，就是在去干活或收工的路上。他对自己所务庄稼十分爱惜，他的庄稼也仿佛总比别人的长势好。

六爸今年有数亩玉米，以青秣悉数卖与邻村养牛户作饲料，交易毕。次日，大雨至，十数日不断，村庄田地遂为水淹，无法收割。

六爸找到养牛户，将钱悉数退回，说：这地收不成了，还算我的，不能让你吃亏。

养牛户称谢不已。

这就是"乡土中国"，正如费孝通先生说的：它土，却不愚。

六爸的事，让我想起张岱《快园道古》记载的明朝故事——

南阳李文达大父家种棉花，载卖湖湘。有三商交值三百两讫，忽邸舍失火烧罄。三商穷蹙，几欲自尽。公慰之曰："汝货未及船，尚为我物。物失值存，我应还汝，汝若失此货本，何以为生？"即悉还之。

此故事被归入"盛德部"。

为方便读者，转换成白话。

明朝南阳邓州人李贤的祖父种棉花，将棉花运到南方去卖。与三位客商买主交易完毕，当天晚上就发生了火灾，将棉花烧成了灰。三位客商欲哭无泪，难受得都想自杀。李贤的祖父找到三位客商说：你们的船还没有离岸，发生火灾，棉花还算我的，我应该把钱还给你们。你们没有了这些本钱，拿什么生活？于是将货款全部退给客商。

李贤，字元德，明朝邓州人。1433 年中进士，官至内阁首辅（正一品）。曾辅佐宣宗、英宗、代宗、英宗、宪宗五朝四位皇帝，人称五朝元老，从政三十余年，为官清廉正直，政绩卓著，是明朝文官中难得的治世良臣。死后谥"文达"，人称李文达或李阁老。

第二个例子——

日前连续在深圳市光明区图书馆"光明大讲堂"讲《乡土中国》导赏。

第一场结束后，与听众互动，有位男子走到台前，自称"70 后"，说他听讲过程中有两次想落泪，说老师您讲的人和事，让我想起我在安徽老家的父亲——"我爸爸就是那样的。"他说着又抹了抹眼圈。

我讲的还是今年秋季老家受灾的玉米地——

我们村玉米地全被淹了，玉米泡在积水里，无法收获，眼看倒卧霉烂，满目狼藉，简直无法收。

但农民会坚持想办法收。收玉米所付出的人工还不算，但是其他投入，均远大于玉米所值。因此从价值利害计，明显绝对划不来。如果计价值利害，就应该不收，让它烂下去，等水干了，再收拾整理种别的。但农民绝不那么干，非要眼睁睁明明白白做这个亏本的事。平时过日子仔仔细细、斤斤计较的农民，却丝毫不计算这个成本与付出，为什么？你问他们，他们很诧异：不收？那咋能行！地撂荒在那里，难看得很，路上过来过去的人见了，骂哩！说这是谁家烂货什儿的，不像个正经过日子人……

——你看，这就是农村人，他们只凭这代代相传的朴素自觉，就践行着孔子的话："尔爱其羊，我爱其礼。"

钱穆先生说，用温情看待自己的历史和文化。温情的滋生，需要丰沛的生命去感受事物，与天地精神共往来。这一切必然来自"格物致知"的自觉。"格物致知"使人良心得以发现，良心发现，为人做事，即便是普通乡土之人，也自然契合"为万世开太平"的文化价值，此正"道不远人"之谓也。

发自内心的、自然的、良知属性的温情，才是真正的敬诚之情。那种带着乡土的馨香的情怀，是提升人整体生命质量和高度的情怀。

2021 年 11 月 3 日

梁秋燕

看了一段老艺人唱的眉户剧《梁秋燕》选段：梁老大老两口为女儿梁秋燕的事发生争论，老艺人唱戏，声音轻松洪亮，像说话一样，从容不迫，不急不怒不争，高低徐疾得体。

眉户《梁秋燕》，是渭南地区二十世纪五十年代初创作的现代戏，宣扬婚姻自主，这个戏至今全剧演出，估计仍能满座。其中的主要唱段已经成为陕西戏曲现代戏听众喜闻乐见的熟悉唱段。是现代戏剧目中能与《刘巧儿》《朝阳沟》媲美的戏。

《梁秋燕》故事取材于渭南地区的真人真事。

梁秋燕作为自由恋爱的典型树在舞台上，是旧纲纪伦理的反叛者。

现代戏，也因艺人的得体表演而好看。

观众看戏，常常不看艺人演的是什么，其实就是看他的表演、功力、修养，即老话说的看"玩意儿"。

今天的艺人，越是名角的，普遍大致的通病，就是不得体。比如凡演女性，为了突出其女态，必先带三分骚劲儿。《坐宫》铁镜公主上场，四句摇板之后，一声招呼：驸马，咱家来了！听上去一点鞑子公主的派头都没有，倒像是"嫖院"里老鸨子招客。演个红娘，天真憨态的小姑娘少见，精怪机灵的情场老手倒是常见。

这都不正常。

另外就是戏曲界的"意必固我"之病越来越严重，非要突出所谓这一出戏表演者自己的创造，轻易传统、藐视程式，其实，程式就是戏曲里止于至善的天道，天理之所在，你能遵守就很好看了，非要突出你自己，就没有不难看的。

我经常看一些小学生学演戏曲，很有看头，为什么？因为他们虽然做不到，但是你从他们的认真劲儿，看得出他们心中追求道理、遵守程式，换句话说，他们虽然处处犯"法"，但却能让你看出他们心中有"法"。

2021 年 11 月 9 日

李想的评论

李想在陕西做戏曲评论，总是受到各种各样的挤对和打压。

在我看来，李想是当今陕西最有良心、有见识的戏曲评论家之一，净说实话，得罪了不少人类的好朋友。

比如李想的文中所举当今自诩创新者表现之一，就是"文化革命式创新"：专以颠倒历史人心共识定论为能——

演荒淫帝王，必曲为辩解，展现他的柔情，所谓人性之光。所谓君君，帝王当用帝王之道衡量，你用街溜子的标准，则千古皆无可指责之人君！

演贞节烈女，非要表现她空帷思春或暗通奸夫苟且之事，以证明她也是正常人有正常的身体欲望云云。史籍皇皇，而贞节寥寥在著，正因其罕也！若人人贞顺如饮食之常，则何必特树而明旌之！

演儿女违忤父母，必以父母为保守愚昧，以儿女为开明先锋。正所谓蛮夷之俗，畏壮侮老。韩魏公谏英宗曰：自古帝王，未有不孝者，何以史书独盛称舜为大孝？盖父慈子孝，天下之常也。父顽母嚣而子犹孝顺不移不易，乃为大孝。

教化之用，必裁抑人之天性，敛天性而就理性。现在的文艺作品坏就坏在一味放任夸张天性而崇尚之，比如剧坛，魏明伦剿袭欧阳予倩余唾，在二十世纪八十年代以《潘金莲》开了个坏头，其后有数贼继之，风气为之大变，至今尤炽，不学无术不羞耻者作恶多端，以伪戏误人惑世，造孽深重。

戏曲界一直生怕别人看贱他们，其实，当今的戏曲界许多人，一路向下之势，迎合贱德，势不可当，这才是古人说的唯贱自取。

这种自诩的创新，毫无技术含量，郭德纲说的：炒菜你用铁锅、钢锅、砂锅，那是锅的创新，你用痰桶炒菜，算什么创新！

他们都这样糟蹋行当、毁灭行业了，伤天害理。但你若像李想这样评论，人家反而指责你：你太偏激了！

他们就是这样，你偏了他们，就是偏了激。

2021 年 11 月 19 日

秦腔为什么能激荡身心、震撼魂魄？

深圳市福田区戏剧家协会承办的"公共文化进商圈"，2021 年 11 月 29 日晚 7:30—9:00 在深业上城演出"古调独弹 —— 大秦之腔经典名剧专场"，有经典秦腔折子戏《花厅相会》《三对面》及清唱。

有人说，当代许多人精神绵弱、肤肥骨柔，急需秦腔这种慷慨沉痛之腔、痛快婉转之声激荡震撼。

从前，"秦腔"二字犹如古琴的"太古遗音"——形容梆子腔为秦腔，意思是其声高古质美，鲜少扭捏柔媚以悦人求宠。梆子戏艺人"元元红"魏联升唱红上海，举城为之癫狂，《申报》称其为"秦腔泰斗"云云，可证。

南方人鲁迅在西安讲学之余，观看易俗社秦腔，与易俗社诸贤交流，大为欣赏，慷慨赠银五十元，并题词：古调独弹。

鲁迅先生一向鄙薄戏曲，甚至写文章批评挖苦梅兰芳，何以独称赞秦腔？

盖彼时易俗社诸如社长、评议长、总编，都是儒林硕学，有的还是清华预科学生，博学广识，气度非凡。堪称历史剧作家——易俗社先驱创始人之一的孙仁玉先生，系前清贡生、举人、省政治讲习所斋务主任，曾兼任易俗社评议长、编辑主任、社长；易俗社奠基人、创始人之一李桐轩先生是清末关中知名学者志士、清末民初省谘议局副议长、省政府顾问，曾担任易俗社社长、评议、编辑；创始人之一高培支是前清拔贡、省讲习所所长、图书馆馆长，是陕西地区最早讲授注音字母的先驱，曾先后担任社长、名誉社长、剧务主任、社务主任、教育主任、营业主任和编辑；李桐轩先生长子李约祉，毕业于北京京师大学堂，先后担任陕西省女子中学校长、教育厅督察主任等职，在易俗社先后担任社长、评议长、教务主任、编辑主任等；学者范紫东先生，二十五岁以名列第一的优异成绩考入三原宏道高等学堂，又以最优等第一名毕业于该校，历任易俗社编辑主任、评议长等职；还有水利专家李仪祉先生、秦腔史家王绍猷先生，举人出身的"秦腔王瑶卿"陈雨农先生、戏曲艺术教育家封至模先生等。

因此，鲁迅先生敬重秦腔，盖因当时的秦腔剧目、艺人均出自这些人之手。

关学至清末尚有余贤，其性刚而志笃，重践行，不尚空谈，知不可为而为之，经天纬地之才不能施展于社会，乃付诸红氍毹，以期借数尺舞台，移风易俗，挽颓废之人心，尽士子之使命。故其编演戏曲，高台教化，宣仁义而播礼仪，乃至办戏校培养伶工，亦以学堂式管理，教读书、砺风节、慕道义。故伶工自其所出者，自带书卷气，行己有耻，非寻常所见可狎亵之人也。

如此，今披其所演之剧，则剧词之铿锵，血肉骨筋之劲健，俯拾即是，与京戏比较，多在京戏同剧名之上。

如京剧《碰碑》，杨老将唱曰：

> 叹杨家秉忠心大宋扶保，
> 到如今只落得兵败荒郊……

秦腔杨老将唱曰：

> 事急了才知把佛念，
> 口内含冰满腹寒……

再如《二进宫》李妃，京剧唱曰：

> 李艳妃坐昭阳自思自想，
> 想起了老王爷好不惨伤……

秦腔唱：

> 泪珠儿啊不由得胸前淌，
> 人心上有了事只显夜长……

凡此种种，高下立见。

至于如《周仁回府》，京戏名《周仁献嫂》，则差距就更大了。

易俗社培养的旧时秦腔艺人，多识字读书，修养如学子，生活中与常人无异，不可辨别。相传秦腔艺人初到上海百代公司录唱片，当地人见其一身黑布打扮，相貌憨朴，言语迟缓，行动笨拙如田夫村氓，不免心生轻慢，及至进棚录音，乐腔乍起，声震屋瓦，夺人魂魄，沪人遂前倨而后恭，不敢再轻视之。

此次演出剧目《花厅相会》，系改编自明人传奇。秦腔今流行剧名《花亭相会》，称花亭当不妥 —— 花亭四面暴露，无私密性，状元与丫鬟于其中讯问倾诉，不合情理。花厅为房间。

这出戏老一代数任哲中、苏蕊娥的录音广为流传。苏蕊娥的声音娇嫩甜润，唱戏丝毫不费力，观众称为"奶奶声儿"。表现无辜的女子尤为恰当。

唱戏就是这样，一个角儿唱得深入人心，别的艺人便轻易不碰该戏，遂为专美。非待艺高胆大者不能复演。

　　至二十世纪末，秦腔界终于等来李小锋、张宁组合，一演即红。李小锋声音明亮高亢，毫无秦腔小生的苍迈过度弊病，表现力极强；张宁的嗓音在苏蕊娥的基础上多了刚劲挺拔，柔弱无辜中多了倔犟，尤其表现张梅英的委屈嗔恨，至为恰切。

　　这个版本又成为新的高峰，至今专业演员避而不敢擅演，恐难媲美。

　　反倒票友没有压力，纷纷学习。

　　《花厅相会》这出戏演人间悲欢离合，唱世上的恩义情谊。

　　传统戏演的是中华文化万古不易的价值情理，观众在反复同步抒情中反刍品味的是古老道德之花的绵绵馨香。

　　《三对面》则是《铡美案》中重要的一折，公主之骄矜、包公之公正无私、秦香莲之威武不愿屈服，以秦腔声腔表现，最为痛快淋漓，脍炙人口。尤其值得一提的是常磊扮演的秦香莲，严格遵守程式，同时又时时刻刻在戏中、在人物状态中，举手投足，皆细致可赏，灵性聪敏，不可多得。

2021 年 11 月 24 日

秦人说话立言该有的方式

见朋友转作家路遥的一段话。

路遥在他的作品《人生》中写道："我已经过了喜欢喧闹和炫耀的年龄，不再期待周围人的鼓励和回应，也不在乎他人的褒贬和说辞。不会因为兴奋而叫嚣，不会因为低沉而去祈求他人理解，懂得了要用诙谐的方式过正经的人生。"

我没有认真看过路遥的作品，不是不愿意认真读，是曾经下决心认真，但读不进去。我做文学梦的那个年纪，也概念化地把路遥当作崇拜的偶像之一，但骨子里却一直亲切不起来。

我对白话文的本能式选择和挑剔，简直不可救药。因此读不进去许多现当代作家的作品。为此我曾经很焦虑，甚至自卑。总认为是自己的原因和毛病。为此，甚至一度怀疑自己是否够学中文的料。

现在这种感觉淡漠了。

看了如上朋友转发的路遥的这段话，不禁评论道——人之将死，其言也善。怎么他还这么狂心佞口丝毫不见谦抑自躬之色？临死还这么牛哄哄的？

我真是太不理解绝大多数当代作家了。

现代作家以及现代人这个毛病非常深！深得许多人不理解。

现在的人回顾自己的往史故实，自己给自己就总结了：我这个做成了、那个做好了，我无愧于这个、无惭于那个，总之我对我自己很满意、很欣赏……

比如《大宅门》里白景琦立遗嘱，把自己一生总结了：上对得起列祖列宗、下对得起国家，无愧这个、无惭那个……我找出这段电视剧视频，将白七爷的遗嘱全文整理如下——

我，白景琦，生于光绪六年，今年八十六岁了，身子骨儿还硬朗，一只烤鸭是吃不动了，可酒还能喝半坛子。神龟虽寿，犹有竟时。为昭示子孙后代，立此遗嘱：景琦一生，无愧于祖先，无愧于家人。自日寇侵华以来，屡遭迫害，身陷图圄，保住了秘方，为抗日尽了微薄之力，唯气节二字丝毫不曾动摇。光复之日，又遭诬陷。九死一生，虽百折而不屈。回首来路，刀光剑影，血迹斑斑。幸得解放，迎来盛世。景琦未敢稍稍怠慢，举合营之首，献秘方于先。赴总理去茶话会，参政协之学习班。亦步亦趋，不敢落于同仁之后。无奈子孙不孝，为夺财产，父子相争，夫妻反目，兄弟相仇，姊妹相残。景琦已无回天之力，更不忍见子孙后代专以争夺财产为能事，不思进取。自今日起，全部国宝珍玩，尽献于故宫博物院。自今日起，放弃全部股息，以期子孙自食其力，报效国家。我死以后，如有子孙念及先祖之苦心，烧一陌纸钱，焚一炷清香，说怀已自立，你已成材，景琦死矣暝目。立遗嘱人：白景琦。

　　一般人看到这里，很容易为电视剧的音视频气氛所感染和摄夺，即所谓震撼，而我却恰恰感觉很羞臊、很肉麻，不忍直视。

　　这样立遗嘱，连传统常识都没有了，等于自己躺进棺材，自己给自己盖棺了。

　　演艺舞台上，作为表现形式，仗着一个"戏"字，是可以的，像京剧《横槊赋诗》里曹操酒后轻狂，持槊自鸣得意的丑态："想当年，吾执此槊，破黄巾、诛董卓、擒吕布、灭袁绍、除袁术、废刘表，数十年来，深入塞北、直抵辽东，纵横天下，方不负大丈夫之志……"

　　如果在现实中，这是我厌恶的形式。

　　而我喜欢的中国古人是那种很迂、很知惭愧的人，一生再大的德行事功，一概不自矜自夸，说的全是自己没德行、无功业、无益于家国后世的自我检讨的话。

　　先贤说，学必为圣贤。目标多远大！哪里会这么浅薄鄙陋？

佛家人说，禽兽无惭愧之心。其今之人欤！

我知道，我这么评论，必有人指责：你看你说自己的乡党的话可憎地。

陈忠实说过："你懂个锤子！"——是的，这样糊涂地爱家乡，恰恰是你不怀好意，而不是我。

明代富平人御史杨爵《临终自书墓志》云："吾平生所期，欲做天下第一等人，而行不逮；欲干天下第一等事，而绩未成。今临终书此以志墓：愿吾子孙当吾身后，择吾善者从之，其不善者改之，此其意也。在人世五十七年，亦不可谓不寿，但懿行不足垂万世，功业未能裨当时，是谓与草木同朽。"

又《自书铭旌》："五十余年，生长人世，未尽圣贤之道；两受天禄，还形地下，难忘君父之恩。"

今人所津津乐道《白鹿原》人物朱先生之原型、清代大儒蓝田牛兆濂先生遗嘱云：我生平疚心太多，千万勿请入乡贤以重我之耻。我生平只不敢为非，不可铺张太过，以为吾之羞。我一生重力行而未有实得，不可自欺欺人。

这才是古人的常识，以此立言，才是我们陕西人应该有的文化人格正脉。

2022 年 3 月 12 日整理

京剧界越来越硬，地方戏越来越软

——当今戏曲现象

当今戏曲界有个现象，很有趣：京剧界越来越硬，地方戏越来越软。

什么意思？

京剧表演，比如青衣，当今戏曲舞台上，即使是古代女子，都纷纷越唱越亢奋、刚强、激昂，你给《锁麟囊·春秋亭》坐在花轿里的大家闺秀薛湘灵配上一把盒子枪，感觉她能给你拉起一支队伍上山打游击。

而地方戏，尤其是北方戏，普遍越唱越绵糯、甜软、柔曼，类似流行歌曲，王菲化、邓丽君化非常严重。比如秦腔某名角唱《洪湖赤卫队》韩英在牢房那一段"秋风吹"，一张口能让台下男人全身酥软瘫在座位上，绝对想不到那是赤卫队队长韩英，妥妥的潘金莲。

那天见人猛夸某京剧老生名角的《武家坡》"一马

225

离了西凉界"一段，咱也不敢扫别人的兴，心里说，唱得那么兴高采烈，真是回家见媳妇去了？

那天听两位名角飙《赤桑镇》，心想：这包公和他嫂子可以全国巡回做英雄事迹报告会了。

京剧越来越硬，硬就肤浅、露骨，不含蓄。比如花旦，小姑娘天真纯洁憨态之貌舞台上基本没有了，一个个全是什么都懂的小人精。比如《梅龙镇》，本来是正德皇帝轻薄、调戏民间天真无邪少女，现在的表演，花旦比皇帝还懂人间风情呢，全是心机辣妹调戏憨皇帝。

那天看京剧《翠屏山》，潘巧云私通和尚之事被石秀撞破，这潘巧云真是升子比斗硬，这种事儿败露，非但不羞惭，还对石秀发表了一通爱情宣言。爱情宣言也就罢了，毕竟这女人是走肾了，胡说八道也勉强可以。没料到这潘巧云说着说着，手舞足蹈满台飞，一副慷慨就义的样子，说她与情人和尚即便是死了，也要到阴间拯救人性的光辉、爱情万岁云云，基本上把"存在就是合理""我不同意你的观点，但誓死捍卫你说话的权利"差不多说出来了。

动不动喜欢加交响乐。交响乐整体庞大，而戏曲讲究轻巧细腻，常常两者不搭，如肥婆追打少女，气喘吁吁，等戏曲乐队中止停顿，交响乐队嗡地扑上来，像肥婆抓住少女拉入怀中殴打一样。

地方戏乐队配器也越来越"神经质"了，比如秦腔乐队，原本弦乐演奏的旋律，突然中风似的戛然而止，扬琴、琵琶、埙、箫等，幽幽地、玄幻闹鬼似的取而代之，全场为之萧然，紧接着突然弦乐痉挛似的又跟上。听这种东西，感觉心脏不皮实还真不行。

"唯乐不可以为伪"，演员、艺人是不会错的。他们的反应和表现，非常准确，是其所处的时代世道人心最真实的折射。

"风起于青蘋之末"，如果说京剧原来的观众是以清朝王公大臣、士夫绅宦、八旗子弟为首的京城市民，而地方戏是广大乡村民众，则现在的变化，是否可以说明，京剧的观众越来越粗鄙肤浅，地方戏的观众则越来越萎靡琐碎？

2022 年 3 月 22 日

农村老太太与城市女人

【一】说话

陕西农村老家，请剧团演戏，老太太们看得很高兴。她们彼此评论演员，这个好那个好，但你专门问她们：好看吗？哪个好？

她们立即羞涩又谨慎，不敢回答。再三央求她们说，她们目光飘游、言语闪烁："我不懂，不会说……"

你再三问，一定要让说，她们会嗫嚅着说："我也不知道人家的唱腔都是啥好，就是……反正我一听人家的腔，就想起旧年岁唡。"

她们不是不懂，而是羞于怯于把自己的话说出来，怕丢人。她们骨子里谦卑，认为自己的什么都不重要，愿意听你们说。也不一定内心全认同他人所说，但不轻易反对。认为随便反对别人，有丢人的危险。

再看当今有些半吊子识字但没文化的城市女人，

比如你说某首歌不好听，她瞪大两只毫无意义的眼睛，立即反驳：没有啊！我觉得挺好听的啊！

这就是把门关了，不打算再听到更好的了，自己任何时候都不需要再学习、长进了。

这种本能式的反应，接着就是：凡是跟我不一样的、我理解不了的，都是错的、不应该存在的。

农村老太太可谓"人不知而不愠"，城市识字的文盲"我不知就要愠"。

农村老太太"毋意，毋必，毋固，毋我"，城市识字文盲"我就是我""做我自己""想唱就唱唱个响亮""我的地盘我做主"……

【二】姜窝

朋友快递了一只姜窝。

别处称石臼、蒜窝。

想起先祖母常劝人守本认命，安分过日子，勿作非分之想，说："命是命，姜窝不得成瓮。"

【三】人瑞

山东蒙阴有位九十九岁老人活成了世间最美的样子。

明事理、知谦谨，满怀善意，满眼顺和之人之事。

反应机敏准确而有趣。真是随心所欲皆合法中符，观其人、听其言，太美了！

每天有人故意以各种当今年轻人的困扰问老人，老人三言两语就得体无二地解答了。随口应答，无一字不正确。

细想老人并不识字，而其被中华文化所化，忠恕之道已养成言动本能。

想想河南那个给孙子取名犯孩子长辈名讳的老汉，标榜体统还振振有词。再看看山东这位近百岁老人，这样年纪的老人不识字，却明显是被中华传统文化所化之人。

老人居陋室而乐之，回顾过去，从内心感激当今社会让她享福了。

活到这个岁数，便是人瑞，天下的吉兆。在从前，由朝廷旌表而资助孝养，以为世人楷模。

那么，想想那些什么禁忌也不顾忌，什么礼节也不讲，什么风俗也不信，什么都可以打破，一切皆可推翻，觉得自己不习惯、做不来的都应该废除等的人，如果他们活到山东那个老太太这个年纪，也能称为人瑞吗？

2022 年 4 月 2 日

马金凤教科书级的临场讲话

我第一次见马金凤的名字，至今记得是给她平了反，《人民日报》登了一条消息，我从老家王子村大队二队李家村大院子里的小商店买了一根圆珠笔芯，出来在门口阅报栏看见了这条消息。

第一次见马金凤本人，已经是在深圳了。她住在八卦岭一家酒店，我去酒店见她，老太太长得非常像我的外婆，只是比我外婆脸圆一些。我外婆去世后，好几次，我指着电视上的马金凤对我妈说：看！她很像我外婆。我妈盯着电视看了半天，说：嗯——不像！其实我妈是用这句话掩饰她自己的情感。

我对老太太做闲聊式访问，不得不谈到她的"一挂两花"——《穆桂英挂帅》《花打朝》《对花枪》，这几出戏，是她的看家戏，别的名角轻易不动。豫剧五大名旦都有这个本事，甚至河南其他剧种的代表名角都有这个本事，一个人唱红一出戏，别人不敢轻易动她们的剧目，我所知不多，只有像《桃花庵》这出戏，才有崔兰田和桑振君两派都唱，而且各有各的好。但马金凤的帅旦，独领风骚，其他人不敢涉及。

老太太说小时候练功，她的天赋本钱并不好，嗓子生来就不是最好的，但是她有志气，肯吃苦，夏天在河边喊嗓子，冬天把脑袋扎在瓦罐里练声，一直把额头磨压了一道深深的渠痕，很深，至今都长不平。她掀起头发给我看了一下。

她还说，她从前嗓子不耐用，演几场嗓子就疲劳沙哑，有个老中医喜欢她的戏，给她一个偏方：多喝甜面汤。她说的甜面汤就是陕西人说的白面稀沫糊。她从此连水都不喝，到哪里都用热水瓶装满甜面汤，当水喝。这样保养嗓子，我咨询过中医，的确是有道理的。前些年一次，马老在央视录节目，中间花絮现实，她还在喝甜面汤，可见其多么自律又有恒心毅力。

说到她的《穆桂英挂帅》，她说自己是如何找到当元帅的感觉的：那一年跟随陈毅元帅到崇明岛检阅三军，一上岛，她被震撼了，飞机大炮，军容整齐威武，她一下子找到了当元帅的感觉，此后再演《穆桂英挂帅·出征》一折，她一身戏装，头插雉鸡翎、脑后狐狸尾、怀抱令旗尚方宝剑、身披战袍大氅，威风凛凛上场，乐队前奏时，她用目光巡视，那目光里就有了她心中的语言，她用河南话说：老少爷们儿、弟兄们、杨家将们，你们都好吧？咱们又要出征打仗啦!

这样一来，还没张嘴唱，观众就整肃翘首以待，待她唱出"辕门外三声炮如同雷震"，台下必爆发出热烈的掌声和叫好声。

那一次跟老太太谈话很多，都是家常。我们陕西人见河南人就跟见老乡一样，没有丝毫的陌生人见面时必有的客套与隔阂。我跟老太太谈话，就觉得她是一位老家的亲戚或邻居长辈。

当时她已经74岁了，她说她还继续在舞台上唱，争取唱到一百岁，唱到台湾去。

此后见到马金凤的视频、节目，我都会多了一份亲近感。

我很多次向别人推荐老太太，说这个老太太不仅艺术上卓越，生活中为人处世、谈话言语，水平之高、人情之练达圆融，十分罕见。

比如她78岁时到新疆石河子演出，应该是演出结束后的一段致辞，身上还满是最后一场挂帅的行头，她怀抱令旗尚方宝剑，临场说话，每一个字都颇有讲究、有来历、有嚼头，堪称教科书式的临场讲话，即便是让别人起草文稿，也很难达到她那么高的水平。

老太太以百岁遐龄仙逝，真是德行、事功、言语皆堪称圆满，世所罕见。

我特意找出那段视频，将老太太的讲话整理成文字并作注，以飨读者——

尊敬的领导、亲爱的父老乡亲们：

——问候很得体，很亲切，突出领导、拉近观众，称父老乡亲，河南与石河子，数千里之遥，但喜欢看豫剧的，就是父老乡亲。

我今年已经是 78 岁了。

——我这么大年纪来演出，有什么不周之处，请多担待。另外，这么大岁数还能演出整本大戏，也是不多见的。

我代表咱河南 9700 万亲人给您拜年、问好！

——嚯！的确可以代表，这一声问好、拜年，可是 9700 万人的问好、拜年，气魄多大！分量多重！

我十几年前来过咱们新疆，这已经是十五六年了，我不知道恁想不想我？我可想念大家了！

——具体又生动，非常亲切，进一步拉近关系。

这一回咱们文化局特意请我来，我就觉着我太惭愧了！不用请，我应该自己来，来得太少了！

——文化局请我来的，这是事实，说出来就是自重。随即表示谦虚，我应该自己来，姿态又一次从高处降下来，但却让人高看。

我今年已经 78 岁了！

——再一次声明。

第一次到咱石河子来，作为一个演员，一个宣传工作者，我的工作实在是做得太差了！来得太少了，请亲人们多多原谅！

——越自卑尊人、谦虚，越令人仰望。观众掌声如雷。

其实我早就想来，这几年政治任务比较多。

——我的演戏是政治任务，多重要！

但是我没有忘记乡亲们，总是想着来看看恁。

——及时接话，既让人觉得承担政治任务很重要，又随即化解很容易让人因敬仰而自然产生的距离感、差异感。

说这一回来，是很好的机会。你看咱今年多少大好喜事：一个是澳门回归、一个是咱建国 50 年大庆。又是我的舞台生涯 70 年，所以我今年也是沾了咱们国家光了。我今年 78 岁，光唱戏都唱了 70 年了。

——用自己的高度认识和轻松顺畅的言语，显示了政治觉悟的高度，让你不得不深信她的演出的确是

重要的政治任务。关键是把自己的舞台艺术 70 年生涯
与澳门回归、建国 50 年大庆并列，随后又谦虚说是自
己沾光。

我唱这么多年，我得着一个经验：也就是说我这
一点为人民服务的小本事，这都是哪里来的呢？都
是在座的亲人们恁培养我、帮助我，我在这里感谢
恁了！

——循环往复、千回百转式地展示自己，但又掩
藏自己，分美与他人，人人共其美，真是大智慧。

所以这一次来到咱家，我非常高兴，我看到新疆
建设得这么好，比前十几年好。所以，恁为家乡、为
咱国家付出这么大的辛苦，所以从我来说，我向你们
学习、向你们表示感谢！

——政治高度像唱腔一样，生动而婉转地一遍又
一遍。

我跟局长、科长说了，只要我没离开舞台，我每
年保证来一次。从前来得太少了，我回去再排点新戏、
好戏，再来，凡是有老乡的地方，我都演他一遍！都
叫您看上戏。

——直接公开向当地领导下单了，开辟今后的市
场。而且我的戏是您需要的。

还有一件事，今年春节，您再忙，也别忘了看电视，在戏曲台（频道），我和梅葆玖一起演《穆桂英挂帅》，他是京剧，咱是豫剧，两大剧种合起来演唱大戏，这也是咱戏曲发展的一条好新路。所以您到时候都看看，看看这京剧豫剧搁一块儿唱是啥味儿？这也是咱家乡大大喜事，所以跟恁说一下。

——赤裸裸的广告，而且是硬广。但观众乐意接受。

这一次来我还在新疆发现了一棵好苗子，耿海棠，我的好学生。长得也像我，嗓子也像我。这是一棵好苗子，我在这里向领导、向亲人们表示感谢啦！

——公开提携后生、奖掖晚辈。同时宣示：我的戏要在新疆扎下来了。

所以，今后这两天，您都来看戏，不管我唱得咋样，恁来都看看人就都行了！

——凡头一句有所扬，下一句必有所谦抑，让观众无法抵挡。

我今后还要多来，再一次代表咱河南老乡祝您家家幸福，万事如意！

——完美的结语！

历来艺人生存，不能单靠台上好，台下的戏同样重要。戏曲艺人一生经历得多、见识得多，所有获得大成功的人，人情世故必然圆熟通达。

　　这一点，马金凤是不是很像梅兰芳？

　　谨以此小文，向马金凤大师致敬！

2022 年 5 月 30 日

记得那时麦收

想起四十多年前老家关中麦收 ——

那时候的麦子长得高，农民希望收获麦秆儿、麦秸。麦秆儿可以编草帽、蚂蚱笼子，我就会编。麦秸是牲口的主要饲料，引火、冬天烧炕也都用它。铡成寸截儿的麦秸，和在泥中，就是抹墙、盖房用的"麻捣"，也叫"麻刀"。

麦子吐穗了，小学生结伴上学，来回走麦田中间的小路，身子全被麦子挡住了，偶尔看见小女孩头上的红头绳一下一下从绿色的麦子里跳跃着露出来，远远看去，知道路在那里。

这时候，大人就告诫小孩子不要乱跑，不要到麦地玩，小心迷路跑丢了，还威吓说麦子高了，地里有狼 —— 我们那里据说真有狼，一直流传着滩里狼吃娃的种种故事，以至于衍生出一个游戏，名字就叫"狼吃娃"。

卤泊滩东西长数十里，人烟稀少，中间有捞硝煮盐的场子。场子像是破败遗弃一样，散落着水池子，圆形水池子，水色深绿，静止不动，池子边上泛着白色的盐碱，被稀疏的芦苇包围着，人从旁边走过，很害怕不小心掉进去，深不见底的样子，很是骇人。靠西南塬柯村坡下面有个农场，据说是改造犯人的地方，很神秘，里面的人据说都是已经结束了刑期，被安排到这里劳动，因此这些人被我们当地称为"二犯"。他们以单身汉为主，都是外地人。那时候交通不便，因此很少见到他们，偶尔见到，感觉他们为人很谦卑，但机警，脸皮比本地农民白净，穿得也比本地人整洁。有的本地寡妇，日子过得实在艰难，就招赘一个"二犯"进门，入赘的这些人很少出现在村里，也不大和村里人来往，村里人也没什么话和同门说，我们那里的农村人不多事，对有坎坷遭遇的人或人家一般矜持沉默，不随便说闲话。这些人在改革开放以后，就纷纷回原籍了。

——盐池子、芦苇、滩地、二犯、农场等，让那一带充满了神秘的气氛，因此说狼出现在滩里，一般人深信不疑。

那时候，麦收将至，人们的言语中、整个村子、空气里、天地间似乎都自然充满了神秘而庄重的气氛。出了我们村，往南一望，麦田浩荡无垠，西南角隐隐有一簇白杨树的树梢，那就是农场。

收麦时节，大麦先熟。大麦种得不多，一般仅场地上种——场地就是用来做打麦场的地，在村口，我们队有两三个打麦场，社员按照居住位置，分成两三个组，分别在两三个场上干活。有时候还搞比赛。当年娶的新媳妇会穿得比别人崭新而漂亮，但不艳乍，让人不得不比较一下她们的长相姿态。

大麦收割后，先堆在路边，全体社员上阵，立即平地、碾场、光场，光场就是洒水或趁地湿用青石碌碡将场碾得平光严实。仅三四天，平展宽敞的打麦场就碾平、晒干了。先碾收割的大麦，给生产队留下种子，其他的尽快按人口分了，很快村里就弥漫着大麦馍的香味。大麦面粉做的馍，颜色如酱，但很劲道，对吃了一个冬天玉米面馍、谷面馍、红苕面馍的人来说，香极了！吃着大麦面馍，人们身上一下子有劲儿了，等着收小麦。

麦收的氛围一下子浓厚起来：赶集，集上卖各种麦收用的农具，镰刀、叉把，还有卖草帽的，卖防暑用的仁丹，像花椒粒儿那么大，小学生嫌味儿太冲、辣舌头，更喜欢薄荷片，不过一般农民是不给孩子买这些的，没那个条件。

三夏大忙，麦收为大。学校放忙假两周，学生回家参加麦收劳动。

小学生的劳动有两件事：一是选高年级男生数人，

轮班分组在每个村口路口站岗，检查并提醒来往行人，严禁携带火柴 —— 那时候打火机是很高级的东西，一般人没有，有也不轻易随身携带；一是跟着老师集体拾麦。但男生感觉拾麦不如站岗神气，因此每个男生都盼着升高年级，盼着被选中站岗，站岗可以盘查来往行人，搜他们身上有无火柴，很神气。

站岗的男生，通常两三个一组，戴红领巾，手持自己做的红缨枪 —— 我的红缨枪是自己做的，不过枪头不是真的枪头，只是一根钉子，应该叫长杆红缨钉。红缨钉的红缨是从生产队骡马的拥子上一点一点抽出来的，生产队的骡马脖子上戴的拥子，有铃铛和飞毛装饰，飞毛鲜红夺目，让骡马看上去很美很精神。孩子们抽一点点，不影响美观，当然是偷偷地抽，不能让饲养员或车把式发现。

站岗，就是在路口蹲着或坐在树下等候，远远看见骑自行车的，立即来了精神，早早排开阵势，拦住路口，让骑车人下来接受搜身检查。那时候人人都忙夏收，路上人本来就少，如果大半天没人来，站岗的还挺失望。猛然见一个人来了，如获至宝，甚至对对方产生某种隐隐的感激之情！我那时候尤其喜欢站岗，因为平时作为地主家的孩子，成天有意无意被别人训斥欺负，被选去站岗，可以说明类似组织上信任了，又能在指挥搜查别人中获得某种心理补偿。据说有的地方就不让地主家孩子站岗，我妈后来回想起来就说：

咱那里的人没那么可憎。

　　每天两次，学校老师带领拾麦穗的学生，排成队去刚刚收割过的麦地拾麦穗，路过站岗的岗位，向站岗的男生投来羡慕的目光。

　　站岗，看见更多的是拉麦子的车从路口岗哨反复来回经过，小伙子们坐在车上高高的麦捆上，一个个都很精神，至今想起他们的神色、劲头，普遍单纯、干净，历历在目。那时候的小伙子干活似乎很追求一种美感，比如他们打土墙、抢石椎子，讲究动作姿势好看。尤其是打胡基（胡基，音。外地人叫土坯）：扫石板用木板刮一下，再安模子，撒草木灰唰唰两下就很均匀，铲土——土满满铲两次，自然堆得中间高四边低，身子猛然一跃，双手抓住石椎子把，双脚来回将土堆修理踩匀，然后抓起石椎子高高地打下来，三四下就成形，再轻轻四角修理一下，用脚踢刮掉多余的土，右脚后跟踢掉模子后面的木挡，弯腰下去将整个胡基挪动一下，卸去模子，将胡基立起来，端到一边整齐地码放。整个过程，干净利落，帅极了。往往这样的小伙子干活，周围有不少人观看。有的小伙子因此获得某个姑娘的芳心，当年这种事儿可不少。有的人家，让准女婿打胡基，许多人围观，准女婿蓝裤子红背心，身姿健康地跳跃，别人投来羡慕的目光。

　　麦子割回来，积垛、摊场、晒场、翻晒、碾场、翻场、推场、扬场。碾场的通常是中老年人，赶着骡子拉的碌碡，一边转圈，一边唱戏，他们唱的戏当时听不懂，后来明白全是《下河东》《金沙滩》一类的老戏，很自得自乐的样子。从地里来回赶车拉麦子的，也坐在车辕上唱戏。

站岗的男生看到这些情景，总觉得日子太平淡，很希望能遇到比如来个阶级敌人搞破坏什么的，又正好能被自己抓住。这样内心希望着，同时又觉得真来了敌人搞破坏不要搞得太严重，够站岗的抓住就行了。

就这么胡思乱想地，麦收的日子一天一天过了。

印象最深的是，我亲自搜过一个别的生产队的人，他是退伍军人，已经退伍多年了，但仍然穿着军绿色的的确良裤子，白衬衣扎在裤子里，骑自行车从西边过来，被我搜身，他也不看我，但很和善，表情似乎笑眯眯的，没说话。

麦收时间大约两周，一周后，眼看麦收进入后期，时间仿佛过得更快了，看着地里越来越空旷、麦场的麦垛慢慢一天比一天少，站岗的男生心里便不由得怅惘起来。麦收结束，队长宣布：站岗的学生娃撤了吧！

站岗的男生心里很失落。

2022 年 6 月 16 日